師匠に借金を押し付けられた俺、美人令嬢たちと魔術学園で無双します。

I, Forced into Debt by My Master, Will Conquer the Magic Academy with Beautiful Ladies.

Volume. 2

MEGUMI AMANE
YUNAGI

KINGDOM OF RASBATE

Volume.2

Contents

I, Forced into Debt by My Master, Will Conquer the Magic Academy with Beautiful Ladies

「んぅ……ルクス君……」

I, Forced into Debt by My…er, Will Conquer the Magic Academy with Beautiful Ladies

エマクローフ・
ウルグストン
王立魔術学園の元教師。その正体は、終焉教団に属する魔術師であり、新しい世界の創造のためルクスの命を狙っている
KINGDOM O
アルクエーナ・
ラスベート
ラスベート王国第二王女。なぜかルクスに興味があるようで、王女とは思えぬ積極性でアタックする
カレン・
フォルシュ
史上最年少で王国の最強部隊【アルシエルナイツ】への入隊を成し遂げた天才。現在は王女の護衛をしている

師匠に借金を押し付けられた俺、美人令嬢たちと魔術学園で無双します。2

雨音 恵

ファンタジア文庫

3326

口絵・本文イラスト　夕薙

KINGDOM OF RASBATE

師匠に借金を押し付けられた俺、美人令嬢たちと魔術学園で無双します。

I, Forced into Debt by My Master, Will Conquer the Magic Academy with Beautiful Ladies

プロローグ

「王都で一体何が起きているのですか……」

いつもと変わらない穏やかで平和な夕暮れ時が突如として絶望の淵へと追い込まれたのはほんの十数分前のこと。

四方を囲むように出現した巨大な四体のハウンドウルフ・キングロード達。底無しの闇色の瞳に王都に住む人々はみな震えあがっていた。

「アルクエーナ様、王城内とはいえいつまでもお部屋にいては危険です。一度安全な場所へ避難しましょう」

「……そうですね」

アルクエーナと呼ばれた桜色の髪の少女は声をかけてきたメイドの言葉に従い、一度瞑目してから窓辺から離れた。

ここから眺める景色が好きな少女にとっては苦渋の決断ではあったが、巨獣達がいつ動き出すかもわからない状況では従う他ない。

「お気持ちはわかりますが大丈夫ですよ、アルクエーナ様。さっき聞いた話では【アルシエルナイツ】を含めた魔術師団のみなさんがまもなく出動するそうです。ですからきっとすぐに解決するはずです！」

「……まずはあなたのその盗み聞きをする癖を矯正する必要がありそうですね」

「いやぁ……それほどでもありませんよ？　えへへ」

緊迫した事態にも拘らずふやけた笑みを浮かべるメイドに頭痛を覚えながら、アルクエーナは避難場所に指定されている謁見の間に向かおうと部屋を出ようとしたところで、逆に勢いよく扉が開いた。

「よかった！　まだこちらにいらっしゃったのですね、姫様！」

「あっ、グラディアさん！　これから移動するところですがどうされたんですか？」

腰に差した剣を揺らしながら部屋に入ってきたのは純白の外套を羽織った大柄な女性。

その額にはうっすらと汗が滲んでおり、息もわずかに乱れている。

彼女は英雄なき王国で有数の魔術師であり、アルクエーナが幼い頃から護衛を務めている人物でもある。

「どうされたのですか、じゃありません！　王都が未曽有の危機に陥っているというのに何を呑気にくつろいでいらっしゃるのですか⁉」

「別にくつろいでいたわけではありませんよ？　私は王女として王都の行く末を案じていただけです」

「お気持ちはご立派ですがまずは姫様ご自身の身の安全を最優先にしてください」

得意気な顔で言い訳をするアルクエーナの手を取り急ぎ足で部屋を出るグラディア。その後ろにメイドが続くのだが、

「あぁ、そうでした！　陛下のところに行く前に一つ確認しておかなければならないことがありました！」

「……いい加減にしてください、姫様。ふざけている時間はありませんよ？」

「失礼ですね。私はふざけてなどいませんよ、グラディアさん。それにこれはどうしても確認しておきたい重要事項です――メイドさん、あなたは誰ですか？」

「……え？　何を言っているんですかアルクエーナ様？　私はアルクエーナ様の専属メイドの――」

「馬鹿にしているのですか？　こう見えて私は人の名前と顔を覚えるのが得意なんです。だからもう一度問います。あなた、誰ですか？」

みなまで言わせず笑顔で言葉を被せるアルクエーナ。しかしその瞳には決して言い逃れを許さない圧があった。

「……大人しく姫様の質問に答えろ」

殺気を滲ませた声で言いながら返答次第ではいつでも斬れるようにグラディアは腰の剣に手を添えて身構える。

「やれやれ……さすがは王女殿下。上手くいくと思っていましたが気付かれてしまいましたか」

盛大にため息を吐きながら肩をすくめるメイド。その表情から笑みは消え、その代わりに瀑布のような殺気が身体から噴きあがる。グラディアはアルクエーナを背に庇うようにして立って剣を抜く。

「王室親衛隊隊長グラディア・バイセ。いずれあなたも邪魔になる。ここで王女もろとも仲良く殺して差し上げましょう」

獰猛に口角を吊り上げながらパチンッ、と指を鳴らすとどこからともなくゾロゾロと黒いフードに身を包んだ怪しげな集団が現れた。

「まさか……お前達は終焉教団か⁉　どうして王城内にいる⁉　どうやって入ってきた⁉」

「これから死ぬ人達に答える義理はありませんよ。大人しく我らの創星のために死んでください」

第1話　魔術学園の日常

ラスベート王立魔術学園の室内闘技場で、今日も次代を担（にな）うであろう魔術師の卵たちが己の技を磨き合っていた。俺ことルクス・ルーラーもその一人だ。

「おいおいおい！　お前は手加減って言葉を知らないのか、ルビディア⁉」

闘技場に木霊（こだま）する呆（あき）れ交じりの怒りの声の主はレオ。屈強な身体つきをしているのに必死の形相で逃げ惑う姿は何とも情けない。だがそれは彼が弱いとか臆病だからというわけではない。むしろ相手を考えれば同情の念すら覚える。

「もちろん、一切手加減しておりません！　〝いつ何時でも優雅に全力であれ〟というのが我がヴェニエーラ家の家訓。私の心はいつだって常在戦場ですわ！」

そう力強く叫ぶのはティアのライバルにして鉄拳聖女のあだ名を持つルビィ。手足に武器を装着していないとはいえ、魔力を纏（まと）った拳による目にも留まらぬ連撃は暴風と言っても差し支えない。まともに食らったらひとたまりもないだろう。

「クソッタレが！　これだから脳筋聖女様の相手をするのは嫌なんだよ！」

「またその名で私を呼びましたわね！　絶対に許しませんわよ！」

覚悟なさい、と吠えながらルビィはさらに怒気と共に魔力を全身から迸らせる。闘技場に吹き荒れる烈風の圧力に呆気にとられる生徒達。それを間近で浴びているレオの心境は想像に難くない。

「ハハハ……ホント、勘弁してくれよ。どうして俺がこんな目に……ルクス、ちょっと俺の代わりにルビディアと戦ってくれないか？」

額から冷や汗をダラダラと流しながら話しかけてくるレオだが、この弱気な発言とは裏腹に彼の口角はどこか嬉しそうに上がっている。

「言っていることと考えていることを一致させるんだな、レオ。本当は楽しくてしょうがないんだろう？」

ラスベート王国を代表する四大魔術名家に名を連ねてこそいないが、ルビィはそれに準ずる格式を持つヴェニエーラ家の次期当主。その実力は四家筆頭にして世代最強と言われているティアに引けを取らない。

「まぁ一度手合わせしてみたいとは思っていたからな。とはいえここまでとは思っていなかったけど。ハァ……ヤレヤレだぜ」

「いや、こうなったのはレオが禁句を何度も言ったからだと思うぞ？」

わざとらしく肩をすくめるレオに俺は苦笑いを零しながら言葉を返した。ルビィの明朗快活な性格を正しく表す鉄拳聖女というあだ名だが、彼女にとってこれは不名誉以外の何物でもないらしい。故に、

「ウフフッ。私のことを鉄拳聖女と呼んだ者はたとえ誰であっても例外なくぶちのめすことにしているのですわ」

なんて物騒な信条を笑顔で口にするルビィ。一度は許すが二度はないとのこと。まぁそうじゃなかったら入学式の時にレオはすでにぶちのめされていただろうが。

「だからレオニダス、大人しくそこに直りなさい。大丈夫、痛くはいたしませんから」

「いやいやいや。どう考えても痛くする気満々の面構えだよなぁ!? 言っていることとこれからやることは一致させてもらえませんかね、お嬢様?」

「そう言いながら戦う気満々じゃありませんか、レオニダス。せっかくの機会です。ハーヴァー家のきかん坊の実力、試させていただきますわ」

荒れ狂っていたルビィの魔力が凪いだと思ったその瞬間、両者は同時に動いた。魔術と鍛え上げた肉体と戦技を武器に戦うルビィに対して、レオは一歩も臆することなく真正面から迎え撃つ。

「ヴェニエーラ流戦技《猛虎震脚》!」

「大地よ、我が身を守る盾となれ《アース・ウォール》！」

大気を切り裂く雷を纏ったルビィの足刀を地属性の魔術で生み出した壁で受け止めるレオ。だが地属性は雷属性に対して相性が悪いため、堅牢なはずの土壁は脆い粘土細工のようにあっけなく突破されてしまう。しかし、

「大地よ、弾丸となり敵を穿て《アース・バレット》！」

ルビィの戦技を逃げるでも躱すでもなく迎え撃ったレオの本当の目的は確実に攻撃を当てるためだったようだ。

ハイリスクではあるが至近距離で岩の礫をぶつけることができれば少なくないダメージを与えることができるだろう。ただし、それが通用するのは相手が並みの実力の場合の話だ。

「甘いですわ！　氷雪よ、凍てつけ《グラキエス・フロスト》！」

空気とともに岩弾が白く凍りついていく。先に発動させた方が圧倒的に有利な魔術戦において後出しじゃんけんは本来通用しないのだが、何事にも例外は存在する。

例えば今のように発動に必要な呪文数が相手より短い場合。これなら相手より一拍遅れで詠唱を始めても発動のタイミングは同時になる。そして押し合いとなればより洗練された魔術が勝つ。

「クソッタレ！　俺の魔術を上から塗りつぶすなんて卑怯だろう!?」

レオは悪態と悲鳴が入り交じった感情を思い切り吐き出す。彼が放とうとした岩弾はルビィの冷気によって無力化されたのだから無理もない。

「褒め言葉として受け取っておきますわ。お返しにこの技を――ヴェニエーラ流戦技《龍火崩撃》！」

　炎を宿したルビィの右拳がうねりを上げてレオに襲い掛かる。必殺と呼ぶに相応しい一撃を咄嗟に後方に飛びながら交差した両腕で受けるが勢いまでは殺しきれず、闘技場の真逆にある壁まで殴り飛ばされてド派手な土煙が舞う。それが晴れた時、被害者のレオは大の字に倒れたまま起き上がることはなかった。

「あちゃぁ……さすがのレオニダスもルビディアさんには手も足も出ないか。というかあいつ大丈夫か?」

「でもルビディアさん相手に善戦するんだからレオニダスも凄いよな。俺なら最初の攻撃で死んでいたと思う」

「さすが四大魔術名家に負けず劣らずのヴェニエーラ家のご令嬢だな」

「おいおい……レオの奴、死んでないよな？」

周囲から聞こえてくるクラスメイトの心配の声。かくいう俺も模擬戦の最中とはいえボロ雑巾のように吹き飛ばされた友人の姿を見て心配せずにはいられなかった。

両者ともに見所のある攻防だったが、まさかルビィがここまで強いとは思わなかった。さすがティアのライバルなだけはある。

「人の心配をするなんて随分と余裕なんですね、ルクス君！」

なんて他人事のように考えていると、目の前にいたティアが額に青筋を立てながら斬りかかってきた。鋭い踏み込みから放たれた風を斬り裂く縦一閃をすんでのところで受け止め、世代トップの実力と才を持つ美女と相対する。

「別に余裕があるわけじゃないからな？　ただあまりにもレオが滑稽というか可哀想だったからつい気になっただけだよ」

だから不殺の授業に似つかわしくない殺気を抑えてほしい。せめて可憐な笑みと感情を一致させてくれ。

「フフッ。別に私は怒ってなんかいませんよ？　私との手合わせの最中にルビィのことを気にかけていることに嫉妬なんてしていませんからね？」

「あぁ……俺が悪かった。謝るからいったん落ち着こうな？　俺達以外にも生徒はいるんだし、全力で魔術を使うのはどうかと――」

「ルクス君なんてもう知りません！　雷鳴よ、矢となり奔(はし)れ《トニトルス・スピア》」

ティアが唱えた雷属性魔術の呪文が発動し、一筋の紫電が俺の心臓を射貫(いぬ)かんと飛んでくる。それを木剣で受け止めるでも弾(はじ)くでもなく最小限のステップで回避して、俺は反撃の一歩を踏み出す。だが、

「火炎と風よ、弾丸となり乱れ爆(は)ぜろ《イグニス・ヴェントス・バレットフレア》！」

真紅と深緑の弾丸が虚空(こくう)に浮かぶ。相反する火と風の魔術を同時に発動させる〝多重詠唱〟は呪文そのものを省略する〝詠唱破棄〟に並ぶ高等技術だ。まさかこれをティアが修得していたとは。

「それは授業で披露するようなものじゃないぞ、ティア!?」

「私は常に成長しているってことをルクス君に見せてあげます！　いきなさい！」

ティアの号令の下、火と風の弾丸が一斉に飛来する。しかもただ同時に迫るだけではない。自然でも風に煽(あお)られれば火の勢いは増すように、風の弾丸の影響で周囲の火弾が一回り以上大きくなっている。回避したとしても着弾の余波からは逃れられないだろう。なら俺が取る選択肢は――

「アストライア流戦技《水明之白雨(サクヤヒメ)》」

一呼吸置いてから素早く木剣を振り上げる。切っ先から清流が発生し、それが壁となって襲い来る火風の弾丸を悉（ことごと）く無力化する。ここから俺は反撃に転じる。

「雷鳴よ、奔れ《トニトルス・ショット》」

水壁を貫きながら紫電が奔る。もちろんこの程度（第一階梯）の魔術でどうにかできるとは思っていない。当然のようにティアは雷撃を剣で弾き飛ばしながらこちらに向かって突貫してくるが俺の本命はこの次だ。

「アストライア流戦技《天灰之忌火（ヘファイストス）》」

水から火へ。薙（な）いだ木剣から森羅万象を焼き尽くす業火（ごうか）を吐き出す。無策で突っ込んでくるなら演習はこれで終了だが、そうは問屋が卸さない。ティアは冷静にすぅっと深呼吸をしてから上段に構えた剣を振り下ろした。

「アストライア流戦技《水明之虎雨（ネプトゥヌス）》」

ティアの木剣から巻き上がった波濤（はとう）が俺の豪炎と真正面から衝突し、闘技場全体を包み込むほどの白煙が巻き上がる。遠くからロイド先生の〝やりすぎだぞ、二人とも！〟なんて怒声が飛んでくる。

それはさておき。この視界のせいでティアの姿を完全に見失ってしまった。気配や魔力で居場所を探ろうにも上手（うま）く消しているのでそれも難しい。となれば俺が次に取るべき最善手は正面から奇襲を迎え撃つこと。

構えは抜刀。腰をわずかに落として身構えながら神経を研ぎ澄ませる。狙うはティアが攻撃に転じる瞬間。そこに併せて後の先（ごのせん）で神速の一撃を叩（たた）きこむ。

「アストライア流戦技《天津之狂風（アウステル）》」

背後から届いた凛（りん）とした声。煙を斬り裂きながら疾風の三叉（さんさ）の刃が飛んでくる。回避するか迎撃するか逡巡（しゅんじゅん）すること一瞬。俺は木剣に込めた魔力を波動として撃ってティアの戦技を相殺（そうさい）する。

「もらいましたよ、ルクス君」

再び背後から勝利を確信したティアの声が聞こえてくる。やはり先の風刃（ふうじん）は囮（おとり）。全ては隙を作り、アストライア流戦技の歩行術《瞬散》で無防備なところをつくための布石。王都の路地裏で初めて戦った時とはまるで別人のような戦い方に内心で感嘆のため息を零す。

だがそれでも、

「甘いな、ティア」

木剣を背中に回して必勝の一撃を受け止め、すぐさま反転して弾き飛ばす。そしてわずかに崩れた体勢に追い打ちの足払いをかける。きゃっ、と可愛（かわい）らしい声と共に尻もちをつくティアに容赦なく木剣を突きつける。

「うぅ……ルクス君の意地悪。少しは手加減して花を持たせてくれてもいいんじゃないですか？　容赦なさすぎですよ」

ぷくぅと頰を膨らませて拗ねるティア。もし仮に手を抜いて最後の一撃を甘んじて受けて降参しようものなら、それはそれで怒ったことだろう。つまりどの選択をしたところで俺がティアに拗ねられる結末からは逃れられなかったということだ。

「ま、まぁあれだ。惜しかったな。最後の攻撃が戦技だったらさすがにこうはなっていなかったよ」

「確かにそうなんですが、戦技を使うにしても隙ができてしまいます。ルクス君相手にそれは致命的ですから」

「……そうかもな」

「うぅ……ルクス君の無慈悲、鬼畜、甲斐性なし！　徹頭徹尾容赦がなさすぎです！」

涙目で叫ぶティア。随分と酷い言われように苦笑いを零しながら頰を掻く。模擬戦に勝ったくらいでこんな風に罵られることになろうとは。ただそれを嘆くのは後。俺は顔を背けながら無言で彼女に手を差し伸べる。

「ありがとうございます、ルクス君。でもどうして目を逸らすんですか？」

俺の手を取りながらコテッと小首をかしげて尋ねるティア。どうやらこのお嬢様は自分が今どういう体勢でいるのか理解されていないようだ。ここは正直に伝えた方がいいな。

「ぶつくさ言っていないでさっさと立ちなさいな、ティア。それともあなたはあられもない姿を殿方に見せる趣味でもあるのですか？」

「何を言っているのですかルビィ？　私にそんな趣味はありま――ッツ⁉」

ありません。そう言おうとしたところでようやくティアは今の自分の状態――尻もちをついて両足をおっぴろげているのでスカートの奥の秘宝(パンツ)が丸見えになっている――に気が付いたようだ。この場にアーマイゼがいたら卒倒していたことだろう。

「まったく……見せるのは構いませんがせめて時と場所を選んでくださいまし。その調子では愛想(あいそ)を尽かされてしまいますよ？」

「わ、私は別に見せているつもりはありませんからね⁉　そもそもルクス君に見せるなら二人きりの時に――って何を言わせるんですか⁉」

「はいはい。言い訳する前にさっさとルクスの手を取って立ち上がりなさい。勝負下着を見せびらかしたいなら――」

「見せびらかしたりなんかしていません！　変なことを言わないでください！」

ルビィの馬鹿、と顔を真っ赤にして言いながらティアは俺の手を取って立ち上がる。言い知れぬ気まずさを覚えていると、ついに彼女の矛先が俺に向く。

「……ルクス君、見ましたか？」

「あぁ……な、何を、ですか？」

何のことかわかってはいるが念のため尋ねてみる。するとユレイナス家のご令嬢は模擬戦をしている時以上に殺気の籠った涙目を向けてくる。赤面を添えて。

「質問に質問で返さないでください！　ルクス君、見ましたか？　見ましたよね？　見えちゃいましたよね⁉」

「……はい」

それはもうしっかりばっちりと、なんて口にしたら烈火の如く怒るだろうから俺は口をつぐむ。だが悲しいかな、俺の考えていることは彼女にはお見通しなようで。

「うぅ……ルクス君のバカぁ！　今日見た色は忘れてください！」

お願いします、と襟を摑んで懇願してくるティア。だがそれは無理な相談だ。可愛らしさと妖艶さが共存した純白と花柄のレースの下着は当分忘れられそうにない。

＊＊＊＊

「ハァ……この後も授業があるのか。しんどい一日だなぁ」

ロイド先生の魔術戦闘科の授業が終わって現在昼休み。俺達はいつものように食堂で昼食をとっていた。

「そうですね……今日ばかりは今すぐ寮に戻って布団に包まって現実逃避がしたいです」

模擬戦で肉体に甚大なダメージを負ったレオと精神に致命傷を負ったティアがテーブルに突っ伏して重たいため息を吐きながらぼやく。

「まったく、下着を見られたくらいで落ち込みすぎですわよ、ティア。レオニダスもいつまでもしょぼくれていないでシャキッとなさい！」

「勝負下着でもないものをルクス君に見られてしまった私の気持ちはルビィにはわかりませんよ」

「おいおい、身体の節々が痛くてしんどいのは誰のせいだと思っているんだ？」

ルビィの叱咤激励も今の二人にはむしろ逆効果。もう何度目かになる重たいため息を吐いてさらにテーブルに身体を沈ませる。まぁティアはともかくレオの言いたいことはわかる。

正拳突きを鳩尾に食らった後もレオは意識を失うどころか立ち上がった。そのせいでロイド先生が止めに入るまで模擬戦は続いてしまったのだ。あの場で気絶するかギブアップしていれば午後の授業に尾を引くことはなかっただろうに。

「こういう時にエマクローフ先生がいてくれたらよかったのになぁ。どうして突然辞めちまったんだよ……」

ルビィにボコボコにされた彼の怪我を癒したのはエマクローフ先生の代わりにやってきた新任の治癒魔術師だったのだが、それが筋骨隆々の男性だったことがレオの心が死に体となっている要因である。ちなみにこの人が西クラスの担任と魔術歴史科の授業を担当することになったと聞かされた時、男子生徒達は皆絶叫した。

エマクローフ先生が突如学園を去って早ひと月。彼女が王都と学園で発生したテロ及び誘拐事件の首謀者であり、ラスベート王国にとっては建国以来の仇敵である終焉教団のメンバーだったのだが、そのことを知っているのはほんの一握り。

「ハァ……いなくなった人のことをいつまでも引きずるなんて未練がましい男ですわね。こんな調子では来月の魔導新人祭が思いやられますわ……ルクス、頼りにしていますわよ」

やれやれとこめかみを押さえて嘆息するルビィ。

「魔導新人祭?」

聞き馴染みのない単語に反応すると、ティアやレオが顔を上げて信じられないと言わんばかりの驚愕の表情を浮かべた。

「ちょっとティア、あなたもしかして魔導新人祭のことを入学前にルクスに話していなかったのですか？」

「こ、この手のイベントごとは後でもいいかなって……というか話をしようにもすぐに学園長と戦ったり入学式だったりでそんな暇はありませんでしたから」

てへっと笑うティア。確かに彼女と出会ってから入学するまでほとんど時間はなかったので、学園で行われるイベントについて聞いている余裕はなかった。

「そもそも魔導祭というのは年に四回行われる魔術の技の競い合いのことです。学年ごとに実施されます。その内容は個人戦からクラス単位の団体戦、クラス関係なくチームを組んで挑むサバイバル戦と色々です」

「観客もたくさん入るし、国のお偉いさんや魔術師団のスカウト連中も視察に来るから毎年盛り上がるんだぜ！」

一種のお祭りだな、と元気を取り戻したレオが瞳に炎を滾らせながら語る。加えて魔術師団のスカウトの中には王国最強の部隊【アルシエルナイツ】の人もいるそうだ。

ちなみに俺に借金を押し付けて行方をくらましたクソッタレな師匠もかつて短い間とはいえそこの隊長をしており、巷では〝龍傑の英雄〟などと呼ばれているのだから驚きだ。そんなどうしようもない男にレオが憧れているのもまた然り。

「しかも今年の新入生は四大魔術名家が一堂に会する奇跡の世代。どんなルールであったとしても代表に選ばれたら負けるわけにはいきませんわ！」

拳を作って早くも闘志全開のルビィ。珍しくレオも同意するように頷き、ティアは困ったような笑みを浮かべる。

四大魔術名家とはラスベート王国を代表する貴族のことで学園の四クラスの創設者でもある。

東のユレイナス。

西のエアデール。

南のアレスマーズ。

北のメルクリオ。

四家の現在の筆頭はティアのユレイナス家であり、火水風土の四属性に適性を持つ彼女は世代最強と言われている。余談だがルビィのヴェニエーラ家も含めて五家と呼ばれていた時期もあったとか。

「ルールは毎回【オラクルの水晶玉】で決められるけど、ティアリスさんやルビディア、ルクスが出たら勝負にならないかもな」

「当然ですわ、と言いたいところですが事はそれほど単純じゃありませんわ。西クラスのアーマイゼはまだしも北と南の二人は強敵です」

二人が口にしたアーマイゼというのは西クラスにいるエアデール家の長男のことだ。ティアに比べると多少見劣りするが風属性魔術の扱いに長け、実戦慣れしている優秀な魔術師だというのが、手合わせし、一緒に戦った俺の感想だ。

「なぁ、ティア。その北と南クラスにいる四家はどんな人なんだ？　二人が警戒するほど強いのか？」

「……強いですよ。特に北クラスのヴィオラ・メルクリオさんは水と氷の二重属性の持ち主で、魔術の才能なら私より上です。さらに噂では魔眼を保有しているとか。ただ身体が病弱なので表舞台にはあまり出てきません」

「なるほど……その話がもしも本当だとしたら凄まじい才能だな」

ティアをして自分より才能が上だと言わせるだけでも相当な人物だが、それも魔眼保持者ともなれば納得がいく。もしも病弱ではなかったらと考えると空恐ろしい話だが、神様という奴はつくづく意地が悪い。

魔眼。それはある意味魔術属性を複数有していることよりも珍しい代物。

クソッタレな師匠曰く、魔眼とは対象を〝視る〟ことで発動するものだという。つまり視られた時点で世界の事象を改変させることができるので神様が持っていた力に最も近いものだと言われている。その中には未来を予知することができる魔眼もあるとか。

「言われてみれば入学式の時もいなかったよな、メルクリオのご令嬢」

思い出したように皿に残った炒飯(チャーハン)を口に運びながらレオは言う。そんな親友の様子に呆(あき)れたため息を吐きながらルビィが話を引き継ぐ。

「あのいけ好かない女の話はこの辺にして。南クラスのロディア・アレスマーズは火と雷に適性を持つ、男装が趣味の変人ですわ。ただしその実力は折り紙付き。魔術格闘の技能は悔しいですが私よりも少し、ちょっと、わずかにですが上です」

ギリギリと悔しそうに歯ぎしりをしながら顔を歪(ゆが)めるルビィ。なるほど、どうやら思っていた以上に四大魔術名家のご令嬢達は才能に恵まれているようだ。

でもそういうことならラスベート王国の未来は安泰だな。ただそう考えると風属性だけしか持っていないアーマイゼが不憫(ふびん)でならないな。

「ちなみにアーマイゼも俺達のような普通の基準で考えたら十分強いからな？　それを余裕で倒したルクスがおかしいって話だからな？」

レオに心の中を読まれてしまった。

「――人がいないところで随分と好き勝手話しているみたいじゃないか。誰が四家の中で劣っているだって？」

噂をすればなんとやら。話題に上がっていたアーマイゼが額に青筋を立てた奇妙な笑顔で俺達のもとにやって来た。

「まぁ落ち着けよ、アーマイゼ。誰もお前が四家の中で劣っているなんて言っていないし、むしろルクスが異常なだけで十分強いって俺はフォローしていたところだからな？」

「フンッ。あの時は少し油断していただけだし、何ならあれは決闘ではあったけど授業でもあったから本気を出せなかっただけだ。もう一度やれば僕が勝つ！」

そう言って俺に心地いい殺気の籠った視線を向けてくるアーマイゼ。確かにあれは授業の一環で行われた決闘だったので本気を出せなかったというのはあながち嘘ではないだろう。それは一緒に戦った時に彼が放った魔術が物語っている。

「あとあらかじめ言っておくけどエアデール家の魔術属性は代々風属性単一と決まっているんだ。だから決して僕がティアリスさん達と比べて劣っているというわけじゃない」

「うん、だから落ち着けって。大好きな人の前で見栄を張りたい気持ちはわかるけど誰もお前が劣っているなんて言ってねぇよ」

苦笑いしながらアーマイゼの肩をポンポンと叩くレオ。

「だだだ、誰がティアリスさんの前で見栄を張っているって言うんだよ⁉　あくまで僕は事実を述べているだけであって決してそういうつもりじゃ……ティアリスさん、違いますからね！　こんな奴の言うことは真に受けないでくださいね！」

顔を真っ赤にしたアーマイゼが早口でまくし立てるが、それはレオの言葉を認めていることになるので却って逆効果だぞ。なんて指摘したら火に油を注ぐだけになるので言わないが。

「ルクス……キミも失礼なことを考えているな？　顔に出ているぞ？」

「それこそ気のせいだよ、アーマイゼ。俺は勘違いしていないから安心してくれ」

「言い訳するなんて男らしくありませんわね。あなたがティアにぞっこんなのは知らない者はいないくらい有名な話ですわよ？　今更勘違いもクソもありませんわ」

ルビィがやれやれと呆れた顔で俺の気遣いを台無しにする一撃を放つ。心臓を的確に射貫かれたアーマイゼはカエルが潰れたような呻き声を上げて地面に膝をつき、レオが元気出せと背中をさする。

「安心してください。アーマイゼ君が四家の中で劣っているなんて誰も思っていませんよ。そもそもエアデール家が風属性しか持たないのはちゃんと理由があるじゃないですか」

「理由があるのか？」

師匠曰く。魔術属性の多くは親からの遺伝で決まるが、中には先祖返りや星の気まぐれで血統とは一切関係ない属性を持って生まれることがあるとのこと。でもエアデール家はそういった例外が入る余地がないという。

「僕の先祖が神様と契約したんだよ。風属性以外の属性の適性を放棄することで一子相伝の固有魔術を貰うって契約をね」

本当かどうかはわからないけどね、と肩をすくめながら付け足すアーマイゼ。神様と契約したとは何とも眉唾な話だが、これもまた嘘ではないのだろう。

ちなみに一子相伝の魔術は門外不出の超高等術式で通常の魔術階梯で言うところの八以上はあるとされており、一つの例外なく強力なモノだという。その中には一撃で戦況をひっくり返すことのできるものもあるらしい。

「アーマイゼ君はその魔術を歴代最速で修得したんですよね？」

「は、はい！　ただまだ実戦で使える段階ではないけど、発動させることならいつでもできます！」

もし彼に尻尾がついていたら高速で回転していることだろう。褒められて嬉しいのはわかるが、いつでも発動するのは勘弁してほしいと心の中でツッコミを入れつつ同時に感嘆のため息を吐く。

実戦ではまだ使えなくとも曲がりなりにも修得しているというのならアーマイゼもティアに引けを取らない天才であり、才能に恵まれた側の人間だ。もし自在に使いこなせるようになったら歴史に名を残す魔術師になるだろう。

「はいはい、四名家の話はこの辺にして話を戻しますわよ。魔導祭について簡単に説明しましたが何かわからないことはありますか？」

パンパン、と手を叩いて逸れた話の軌道修正を図るルビィ。魔導祭が未来を左右する一大行事だということはわかったが、だからこそ一つ気になることがあった。

「そうだな……この魔導祭への参加は全員できるものなのか？」

「いいえ、残念ですがどんな形式であっても全員参加というわけではありません。全てはアンブローズ学園長お手製の魔導具【オラクルの水晶玉】が決めます」

「付け加えると、参加者だけでなく競技やチーム分けも【オラクルの水晶玉】を使って決められるんだ。もし同じチームになったらくれぐれも僕の足を引っ張らないでくれよ、レオ？」

俺に適正クラスなしの裁定を下した学園長自作のあの魔導具を使うのか。もし俺が選ばれたら今度はちゃんと判断してほしいものだ。

「はいはい、善処しますよ！　って言いたいところだけどまずは代表に選ばれないことには始まらないからな。まぁその時はよろしく頼むぜ、アーマイゼ」

そう言ってレオが突き出した拳にフンッ、と鼻を鳴らして拳を合わせるアーマイゼ。この奇妙なやり取りを見て目を丸くするご令嬢達。

そりが合わなそうなレオとアーマイゼの間に友情を超えた絆（きずな）のようなものが生まれたのは先日起きた学園襲撃事件で共闘してからだ。

あの戦いで何もできなかったという後悔の念を共有しているからだろう、放課後に二人で鍛錬をしたりする姿を見るようになった。時として敗北が強くなるきっかけになることもあるとクソッタレな師匠も言っていたな。

「まさかレオニダス君とアーマイゼ君が仲良くなるとは思いませんでした。不思議なこともあるんですね」

「男の友情というやつですわね。理解できませんが、切磋琢磨（せっさたくま）するのはいいことですわ。私達も負けていられませんわよ？」

ルビィの言葉にもちろんです、と不敵な笑みとともに返すティア。俺も置いていかれないように頑張らないとな。

「ところでルクスよ。お前は一緒のチームで戦ってみたいって奴は誰かいるか？」

「俺か？　そもそも俺だって選ばれる保証はどこにも——」

「ルクス君が選ばれなかったら私も選ばれませんよ？」

「ティアに同意ですわ。ルクスの実力なら間違いなく選ばれますわ」

「謙遜も過ぎると時には嫌味になることを知っておいた方がいいよ、ルクス」

ティア、ルビィ、アーマイゼの三人から真っ向から否定されたので俺は仕方なく質問に答えることにした。

「そうだな……せっかくだから知らない人と組むのも面白いかなって思うけど、チーム戦ならやっぱり一番はティアかな？　何度も手合わせをしているし使える魔術も戦技も把握しているから連携も取りやすいだろうし」

もちろんティアと別々のチームになって本気の勝ち負けのやり取りをしてみたい気持ちもある。むしろそっちの方が試合としては楽しいかもしれない。

「おっ、ルクスもティアリスさんを選ぶか！　まぁお互いのことをよく知っている人と組めたらいいよな！」

ギリギリと歯ぎしりしながらアーマイゼが睨(にら)んでくるから誤解を生むような言い方はやめてくれ。

「ルクスの言う通りですわね。確かに他クラスの生徒とチームを組むのも悪くありませんわ。ですが私としてはできることならルクスと共に戦ってみたいですわ。そして袂(たもと)を分かったティア達を倒して魔導新人祭で栄光を勝ち取りましょう！」

そう力強く言いながら俺の手をギュッと掴んでくるルビィ。目の前でたゆんと揺れる二つの果実を注視しないように努めながら、

「その時はよろしく頼むよ、ルビィ」

「ウフフッ。私の方こそ頼りにしていますわよ、ルクス。ですが万が一敵同士になった時は手加減しませんのであしからず」

「もちろん。俺も手加減しないから覚悟しろよ？」

勝負事において、たとえそれが今日のような模擬戦であっても手を抜かないのがルビィのいいところだ。彼女と同じチームになってても別のチームになってもきっと魔導新人祭は盛り上がることだろう。ただこれは俺が代表に選ばれたらの話だが。

「むぅ……ルクス君のバカ。浮気者。私という妹弟子がいながらルビィに現を抜かすなんて酷いです！」

頬を膨らませながらドンドンとテーブルを叩いて謎の抗議の声を上げるが言いがかりにもほどがあるぞ、ティア。あと厳密に言えば彼女は我がクソッタレな師匠に弟子と認められていないから俺の妹弟子ではない。

「おい、ルクス！　ティアリスさんを泣かしたら僕が承知しないぞ！　というかティアリスさんと同じチームになりたいのはお前だけじゃないからな⁉　その辺りよく考えて発言

した方がいいからな！」

誰もティアと別のチームになりたいなんて言ってないからその抗議は的外れだぞ、アーマイゼ君。

「ティアリスさんも積極的にいけばいいと思うけどな。というかルビディアは恋敵にはならないだろう。あいつ、脳筋だし」

「レオニダス、あなたは私とそんなに鍛錬がしたいのですか？　ええ、私としてはもちろん構いませんわ。叩いて鍛えてあげます。放課後、覚悟なさい？」

レオの呟き(つぶや)に即座に反応したルビィが笑みと共に額に青筋を立てる。ホント、この男は懲りないよな。脳筋は鉄拳聖女に次ぐ禁句だとわかっているだろうに。

「かくなる上はルクス君と同じチームになれるようアンブローズ学園長にお願いしに行くしかありません！　さぁ、一緒に行きますよルクス君！」

「落ち着け、ティア。クラス対抗戦になる可能性もまだあるんだろう？　そもそも俺が選ばれるかどうかもわからないからな？」

「まだ寝惚け(ねぼ)たことを言うつもりですか⁉　ルクス君が選ばれなかったら私やルビィはおろか、四大魔術名家の誰も選ばれませんよ！　あとチーム戦かクラス戦になるか決まる前に手を打っておくことが大事なんです。何事も先を予測して動くことが重要なんです！」

尤もらしいことを言っているが、やろうとしていることはただのわがままの延長だと自覚はしているのだろうか。ただそういうところが可愛いのだが。そんなことを口にしたらまたプンスカと怒るので黙っておこう。

「助けてくれ、ルクス！　このままじゃ俺、今日の放課後死んじまうよ！」

「こら、逃げるなんて男らしくありませんわよ！　大丈夫、ちゃんと優しくしますから。安心して私の拳の糧となりなさい！」

「おい、ルクス！　僕の話を無視するんじゃない！　そんな態度なら今度こそ本気で決闘を申し込むぞ⁉」

レオの悲鳴とルビィの安心できない宣告が食堂に響き渡る。アーマイゼが何故か瞳に涙を溜めながら訴えてくるが聞こえないふりをする。

騒がしくも穏やかで賑やかな日常。こんな日が一日でも長く続くことを祈りながら、俺はグイグイ袖を引っ張ってくるティアの手をどうやって解こうか考えるのであった。

＊＊＊＊

ルクス達が食堂で魔導新人祭の話をしている一方。

ラスベート王立魔術学園の学園長にして世界唯一の魔法使い、アイズ・アンブローズは東クラスの担任にしてかつての教え子、ロイド・ローレアムを学園長室に呼びつけて優雅なお茶会をしていた。

「いやぁ、今年の一年生はみんな本当に優秀だよね。今年の魔導新人祭が今から楽しみだよ」

「そうですね。私も教師である前に一観客として実に楽しみです」

「キミのクラスは特に揃(そろ)っているからね。ユレイナス家の〝原初の四属性適性者(プリマ・マテリア)〟のご令嬢にヴェニエーラ家の鉄拳聖女。さらにハーヴァー家のきかん坊ときておまけに龍傑の英雄の息子とくれば誰が選ばれたとしても面白くなる」

嬉しい悲鳴ってやつだねと笑みを零(こぼ)しながら紅茶を口に運ぶアイズ。その何気ない仕草は絵画に描かれるような可憐(かれん)で優雅なものだった。

「ティアリスやルビディア、レオニダスはいいとして……ルクスの扱いは注意すべきではないでしょうか？」

「龍傑の英雄ヴァンベール・ルーラーの息子であり唯一の弟子。前代未聞(ぜんだいみもん)の適正クラスなしの判定を受けた異端児。フフッ、血統主義の魔術師連中にとっては彼の存在そのものが許せないだろうね」

なにせヴァンが【アルシエルナイツ】の隊長に就任した時も大荒れだったんだからね、と付け足してクツクッと喉を鳴らすアイズ。その話は当時まだ学園の生徒だったロイドも聞いて知っていた。

「確かヴァンベール・ルーラーは当時【アルシエルナイツ】の隊長だった人とその座を賭けて決闘をし、それに勝って異例の就任を果たしたんですよね？」

さらにヴァンベール・ルーラーが【アルシエルナイツ】の隊長に就任したことが異例となっているのはラスベート王立魔術学園の卒業生ではないことも理由として挙げられる。ラスベート王国における一線級の魔術師達はみなこの学園で魔術を学び、研鑽を積み、そして世に羽ばたいている。だがヴァンベールはその過程を経ずに異例の就任を果たした異端児だった。

「そうだよぉ。あの頃のヴァンは血気盛んだったからね。王国最強の戦力と言われながら何もしない【アルシエルナイツ】にいら立っていて、〝それなら俺が隊長になって変えてやる！〟って息巻いてさ。ホント、熱い馬鹿弟子だったよ」

懐かしむように遠い目をして感慨深げに呟くアイズ。

そんな熱く正義に燃える男がどうしてユレイナス家にした多額の借金を息子兼弟子に押し付けて行方をくらますようなロクデナシになってしまったのか。そこには得体の知れない深い闇でもあるのだろうか、と考えたところでロイドは思考を切り替える。

「そのヴァンベール・ルーラーの息子のルクスが魔導新人祭に出場することになれば間違いなく血統主義派は抗議してくると思います。特に厄介なのが――」

「メルクリオ家がうるさく言ってくるかもしれないね。まったく、代替わりしたんだから大人しく隠居していればいいものを……」

露骨に面倒くさそうな顔をするアイズ。魔術の世界は血統の世界。ロイド自身も学生時代にそれで随分と苦労した。

「まぁその辺りのことは気にすることはないよ。それによって生じる面倒事はすべて私が対処する。というか黙らせるから安心しなさい」

「途端に安心できなくなりました」

「大丈夫、ちゃんと話し合い（魔術をぶっ放して）で平和的に解決するから！　私を信じて、生徒達が思い切り戦える舞台を用意してあげようじゃないか！」

そう言いながらこれ以上ないくらいの決め顔と共に親指を立てるアイズにロイドは引きつった笑みを浮かべることしかできなかった。できるだけ穏便にすませてくれとお願いしても無駄なのは学生時代から嫌というほどわかっているので、ロイドは諦めて開き直ることにした。

「……わかりました。尻拭いを学園長がしてくださるというのなら私も心置きなく生徒達の背中を押させていただきます。万が一メルクリオ家の前当主を始めとした血統主義派が学園に殴り込みに来た際は対応のほど、よろしくお願いします」

「え、それ本気で言っているの？　ちょっとは助けてくれたりするよね？」

「それでは、私は午後の授業がありますのでこの辺で失礼させていただきます。紅茶、ごちそうさまでした。美味しかったです」

「ちょ、ロイド⁉　恩師に対して殺生すぎやしないかい⁉」

アイズの泣き叫ぶ声を背中で聞きながらロイドは学園長室を後にする。少し遅くなったが午後の授業の前に腹ごしらえをするべく食堂へと足を向ける。何を食べようかぼんやり考えていると、前から歩いてくる二人の人物に気が付いた。

「何故あの方が学園に……？」

ロイドが思わず呟くのも無理はない。一人はフードですっぽり頭を覆っているので顔は見えないが、もう一人はこの国で知らない者はいないであろう有名人だったからだ。

普段は王城で過ごしており、外出することは滅多にないのによりによって何故学園を訪問しているのか。目的は学園長以外に考えられないがそれならどんな用事で来たのか。疑問は尽きない。

「……私には関係ないことだな」

面倒事にならず、かつ巻き込まれさえしなければそれでよし。そもそも生粋の庶民である自分がおいそれと話せるようなお方でない。そう言い聞かせるように結論付けたロイドは廊下の端に寄って立ち止まり頭を下げる。

「お仕事ご苦労様です」

すれ違いざまに凛とした声でねぎらいの言葉をかけられる。学園の一教師であるロイドにとっては身に余る光栄なのだが、付き従っているフードの人物のせいでそんな気分は吹き飛んだ。

「お勤めご苦労様です、ロイド先生」

「――キ、キミは⁉」

最後に会ってから数年経つがその声は今でもはっきりと覚えている。というよりロイドにとっては忘れたくても忘れられない問題児であり、落ちこぼれと蔑まれながら努力を続けて卒業する頃には名実ともに世代最強と言われるようになった才女。

「どうしてキミがここにいる⁉　いや、いい。キミは何も喋らなくていい」

なぜここに王国の最重要人物と最強戦力の一人が来ているのか問いただすべく、ロイドは踵を返して事情を知っているであろう学園長の下へとんぼ返りする。すでに面倒事の準

備が整っていないことを祈りながら、

「アンブローズ学園長！　これは一体どういうことですか!?」

「んっ？　いったい何の話かな、ロイド先生？」

「惚けないでいただきたい！　何故学園にあの方が——ラスベート王国第二王女、アルクエーナ・ラスベート様とカレン・フォルシュが来ているのか、その理由を尋ねているんです！」

こてっと小首をかしげるアイズ。そのあざとい仕草にロイドの怒りは加速度的に募っていく。彼の経験上、こういうおどけるような態度をアイズが取る時は面倒なことが起きると相場が決まっているからだ。

「その理由は私からご説明いたしますよ、ロイド・ローレアム先生」

「ア、アルクエーナ王女殿下……」

名前を呼ばれて恐る恐る振り返るロイド。そこに立っていたのは先ほどすれ違った人物——国民から聖女として親しまれているラスベート王国第二王女、アルクエーナ・ラスベートその人だった。そしてその背後にはフードを取った付き人もおり、露わになった黒髪と容姿にロイドは内心で盛大なため息を吐く。

「お久しぶりです、ロイド先生！　お元気そうで何よりです！」

「………久しぶりだな、カレン。キミも息災なようで何よりだが、いつの間に転職したのかね？」

開口一番、可憐な花のような笑顔で挨拶をしてくる元教え子に頭痛を覚えながらロイドは質問を投げつける。

「嫌だなぁ――何を言っているんですか、ロイド先生。私は今でも現役バリバリの【アルシエルナイツ】の隊員ですよ？　辞めたりなんかしてないですよ！」

「ならどうしてキミがアルクエーナ王女と一緒にいる？　王族の護衛は【アルシエルナイツ】ではなく王室親衛隊の仕事ではなかったか？」

「まぁまぁ、ロイド先生。気持ちはわかるけど少し落ち着いて。その辺りのことも含めて色々話をするために王女殿下は学園に足を運んでくださったんだよ」

そう苦笑いを浮かべて話すアイズからカップを手渡されるロイド。ハーブの優しい香りに逸（はや）っていた心も徐々に落ち着いていく。

「ロイド先生が疑問を抱くのは至極当然のことです。正直こうして学園に来ること自体あまりよく思われていませんから」

「今の王城内では信用できる人は限られていますからねぇ。しかもそれを理解しているのはアルちゃん含めてほんの一握りっていうヤバい状況なんです」

「王女殿下をアルちゃん呼びとは……もしもキミが不敬罪で処罰を受けることになっても私は擁護しないからな？」

かつての教え子の恐れ知らずの発言にロイドは思わずこめかみを押さえる。だがカレンはあっけらかんと笑うばかり。彼の頭痛は激しくなる一方だが、アルクエーナ王女殿下が咎（とが）める様子がないのは不幸中の幸いだ。

「はいはい。この時点で気になることは山ほどあるけど、とりあえず紅茶でも飲みながらゆっくり話を聞こうじゃないか。ロイド先生もそれでいいね？」

「……異論ありません」

ただの学園の教師でしかないロイドにとって王城で何が起きているのかなど知りたくもないのだが、ここまで来たら下船するわけにもいかないだろう。ロイドは巻き込まれる覚悟を決めてソファーに腰かける。

「それにしても本当に久しぶりだね、アルクエーナ様。こうして会うのはいつぶりかな？」

「最後にお会いしたのはヴァンベールさんを紹介していただいた時なので二年ぶり、くらいしょうか？　時間の流れはあっという間ですね」

「あぁ……そういえば陛下にせがまれて馬鹿弟子を連れていったことがあったね。それにしても、そろそろ話をしたいと思っていたけどまさかキミの方から訪ねてくるとは予想外だったよ」

アイズは茶請けの準備をしながら、気心の知れた旧知の仲といった様子でアルクエーナと会話をする。

「いえ、むしろ突然の訪問となって誠に申し訳ありませんでした、アンブローズ学園長。本来ならもっと早くこちらに来てお話がしたかったのですが……先日王都で発生した事件の事後処理に手間取ってしまって……」

そう言って眉尻を下げる少女にアイズは思わず苦笑いを零しながら紅茶を注いだカップを手渡した。

まったく、近頃の若者は何もかも背負おうとしすぎだ。愛すべき馬鹿弟子や目の前にいる少女はまさにその典型だ。

肩口で切り揃えられた、見惚れるような美しい桜色の髪。宝石と見紛うほどに澄んだ空色の瞳。華奢で小柄な肢体にまだあどけなさの残る可愛らしい容姿をしているが、精巧に整ったその中に年齢不相応な神々しさが宿っており、彼女がただ者ではないことを雄弁に物語っている。

この少女の名はアルクエーナ・ラスベート。ラスベート王国の第二王女であり、いずれは先頭に立って王国を導くまさに希望の星である。

「気にすることはないよ、王女様。私くらい仕事ができると常に暇を持て余しているからね。急な来訪はむしろ願ったり叶ったりさ」

嘘を吐くな、あなたは普段から仕事をサボっているじゃないか。そのしわ寄せやら尻拭いやらが誰に降りかかっていると思っているんだ、とロイドは心の中でツッコミを入れる。

「ありがとうございます。そう言っていただけると助かります、学園長」

「気にすることはないさ。いくら王女様と言ってもキミはまだまだ子供だからね。遠慮なんかせずどんどん大人を頼りなさい」

そう言いながらポンポンとアルクエーナの頭を撫でるアイズ。ロクデナシを絵に描いたような人なのに時折慈愛の女神のような優しさで心を包み込むので質が悪い。人でなしとはこの学園長のためにある言葉だとロイドは思っている。

「ありがとうございます、アンブローズ学園長。それでは早速本題に入らさせていただきたいのですがその前に……少々周りが騒がしくありませんか？」

優雅な仕草で紅茶に口を付けて微笑むアルクエーナ。ロイドやカレンには特段人の声は聞こえないし気配も感じないが、その言葉の奥にある真意を察したアイズはパチンッと指を鳴らして二つの魔術を行使する。

一つは学園長室に人を寄せなくする人払いの結界。もう一つはこの室内を時空間ごと隔離する結界。

どちらも呪文も魔術名も唱えることなく瞬時に発動させることは難易度が高く、こんな芸当ができる魔術師は世界広しといえどもアイズ・アンブローズ以外には存在しないだろう。もし仮にいたとしたらそれはそれで大事件になりそうだ、とロイドは他人事のように考える。

「よし、これで部屋の中の会話を誰かに盗聴される心配はなくなったかな？　気兼ねなく話をするといいさ」

「重ね重ねのお気遣い、ありがとうございます」

ペコリと頭を下げるアルクエーナ。王女自ら足を運んできた時点でこれからする話が他言無用のものになると思っていたが、まさかここまで用心に用心を重ねるとはよほどの内容ということだ。

ふとロイドはカレンが〝王城内では信用できる人は限られている〟と言ったのを思い出す。それが意味することとは一体――？

「それでは改めて。アンブローズ学園長、単刀直入に申し上げます。王室内に終焉教団の内通者がいます。それもおそらく一人ではなく複数」

「――なっ⁉　王城内に内通者だと⁉　そんな馬鹿な……！」

「へぇ……それは穏やかな話じゃないね。確証はあるのかな？」

驚愕するロイドとは対照的にカップに口を付けながら尋ねるアイズは至って冷静だった。しかしその目はすぅっと鋭くなり、表情からも普段のおちゃらけさが鳴りを潜める。

「はい。そのきっかけとなったのは先日発生した終焉教団のハウンドウルフ・キングロード召喚による王都襲撃です」

「あの事件と内通者とはどのような関係があるのですか？」

「大いに関係ありますよ、ロイド先生。まぁ今だからこそ言えることですけど。王都に出現した四体のハウンドウルフ・キングロードの変異種の対処に【アルシエルナイツ】が出動しなかったのはご存知ですよね？」

「もちろん。どんな理由で動かなかったかまでは知らないけど、そのせいでルクス君を一人で敵の罠の中に向かわせる羽目になったよ」

ロイドは静かにうなずき、アイズはケッと吐き捨てるように言う。

ラスベート王国が誇る最強の魔術師部隊【アルシエルナイツ】。彼らがさっさと出動していれば学園が襲撃されてティアリスが攫われることも、ルクスがあんなに早く星剣の記憶を呼び覚ますこともなかった。

「あの時王城も酷く混乱していたんです。なにせ十六年前の大災害に匹敵する事態でしたからね。そしてその騒ぎに便乗するかのように終焉教団による襲撃を受けたんです。これが【アルシエルナイツ】が出動できなかった要因です」

「へぇ……それは初耳だね。まさか裏でそんなことが起きていたなんて、さすがの私も予想外だよ」

アイズの口元に獰猛な笑みが刻まれる。彼女とて世界で起きる事象の全てを知っているわけではないが、長年の宿敵であり因縁の深い教団の暗躍が秘匿されていたというのは看過できないものだった。

「ちなみにその襲撃部隊からアルちゃんを守ったのが私なんですよ、ロイド先生！」

「なるほど。だから命の恩人というわけか。それはお手柄だったな、カレン」

「たまたまだったんですけどね。化け物退治に行く前にアルちゃんに会っておこうと思って部屋に向かったら、よくわからない謎の集団に襲われている親衛隊の隊長さんとアルちゃんがいたんです。そこに私が助太刀に入ってぶっ倒したって感じです！」

「わかった！　わかったからそれ以上口を開くな。どうして出動前に気軽に王女殿下に会いに行こうとしたのか気になるが今は静かにしてくれ」

頑張ったことを褒めてほしい子犬のようなカレンに終始圧倒されてたじろぐロイドを見

て、アイズとアルクエーナの二人は揃って笑みを零す。できることならこの微笑ましいやり取りをずっと見ていたいがそうも言っていられないのでアルクエーナは話を再開する。

「お二人ならご存知かと思いますが、有事の際、王城には結界が張られます。それこそ災厄の龍が吐き出す業火(ごうか)の炎であっても無傷でやり過ごすほどのものです」

「……まさかとは思うけどその結界が発動しなかったわけじゃないよね？」

「もちろん、しっかり発動しましたよ。それはもう蟻(あり)の侵入も許さないほど完璧に。それでも教団は完璧な奇襲を仕掛けてきました。それが意味するのは――」

「襲撃犯たちは最初から王城内にいた。そういうことですね、王女殿下？」

ロイドの答えにこくりと静かにうなずくアルクエーナ。

「つまり王都にハウンドウルフ・キングロードが出現することを知っていた何者かが王城内にいて、結界が発動して王城が外界から隔離されることを踏まえて予(あらかじ)め教団の魔術師達を手引きしていたというわけか」

「申し訳ありません。アンブローズ学園長にはすぐにでもお伝えすべきでしたが如何(いかん)せんみな疑心暗鬼になっておりまして……こうして直接訪ねることも本来は許されていないのです」

そう言いながらアルクエーナは苦虫を噛(か)み潰したような表情を浮かべる。彼女達が疑心暗鬼になるのも無理はない。隔離結界の存在とその特性を知っているのは王城内でも限られているので内通者は王家に近しい、もしくはそれに準ずる人間ということになる。

「だから連れている護衛も必要最小限だったというわけか。その点で言うとカレン嬢は信頼できる人なのかな？」

「はい。カレンさんとお友達になったのは最近ですが、腹芸ができる方ではないと確信していますから」

「さすが王女殿下。カレンのこと、よくわかっておられますね」

「ちょっとロイド先生、アルちゃん。それってどういう意味か説明してくれるかな？　もしかしなくても私のこと馬鹿にしているよね？」

頰を膨らませながら文句を垂れるカレンを、アルクエーナは女神の微笑を口元に湛えて無視して話を続けた。

「カレンさん以外ですと王室親衛隊の隊長のグラディアさんも信頼しています。私にとっては年の離れた姉のような人で実力も折り紙つきです」

王国魔術師団には精鋭中の精鋭で構成された最強部隊【アルシエルナイツ】を筆頭にいくつかの部隊が存在している。

そのうちの一つが王室親衛隊、通称【ロッソキーパ】。彼らの主な仕事はその名の通り王室の守護であり、彼らには単純な戦闘能力の他に血筋なども要求される。

ちなみに【アルシエルナイツ】への入隊条件だが、これもまた単純な戦闘能力だけで選ばれるものではない。もちろん絶対的な強さは必須なのだが、さらにそこにある条件が加えられている。しかしそれを知るのはごく限られた者だけである。

「グラディア……あぁ、思い出したよ！　確か彼女はヴァンと同じ時期に魔術師団に入った子だよね？　てっきり魔術師団長を目指していると思ったんだけど……そうか、前線を離れて今は王室親衛隊の隊長をやっているのか」

感慨深げにアイズは呟く。

ルクスのクソッタレな師匠でありアイズの弟子のヴァンベール・ルーラー。龍傑の英雄と呼ばれる彼と時を同じくして学園を卒業して魔術師団に入隊した才女。入隊直後はヴァンベールに負けず劣らずの活躍をしていたが、十六年前に発生した〝バスカビルの大災害〟以降、名前を聞かなくなったのでてっきり引退したとばかりアイズは思っていた。

「さすがアンブローズ学園長。グラディアさんが学園を卒業したのは随分前のことなのによく覚えていらっしゃいますね」

「私は学園長だからね。卒業した生徒達のことはみんな覚えているよ」

「王室親衛隊隊長のグラディア・バイセと言えば火と雷の二重属性を持つ大剣使いの女傑

として有名ですが、まさか龍傑の英雄と同期だったとは……」

「カレン嬢だけでなくグラディア嬢までキミのそばにいるというなら問題ないな。そんなことより、話はこれで終わりってわけじゃないだろう？」

この程度の話なら人払いの結界だけで十分。時空間を隔離するのは大袈裟だ。アイズの言葉通り、アルクエーナは一つ深呼吸をしてから話を再開する。

「はい……おっしゃる通り、本題はここからです。アンブローズ学園長、あなたは王都の闇を――ハウンドウルフ・キングロードの出現で王都を覆った絶望を切り裂いた黄金の輝きを放った人物を知っていますね？」

「……もちろん。なにせ彼は私の孫弟子だからね。それがどうかしたかい？」

有無を言わせぬ圧を声音から感じ取ったアイズは誤魔化すことなく正直に答える。ロイドはただ沈黙を貫く。誰のことを指しているのかおおよその見当はついている。

「聡明かつ博識なアンブローズ学園長ならご存知かと思いますが、ラスベート王家に伝わる記録によると、災厄の龍をその身に宿しながらの星剣の覚醒は百年……いいえ、千年ぶりに星に危機が訪れたことを意味しています。それはすなわち――」

「――遠くない未来、神なき世界で星戦が起きる。終焉教団の狙いはそれだと、キミはそう言いたいんだね？」

アイズの答えにこくりと頷いてからアルクエーナは話を続ける。雲行きが怪しくなってきたとロイドは悟り、かつての教え子に目を向けるが、彼女は我関せずとばかりにお茶菓子に舌鼓を打っていた。そんな二人を尻目に会話は続く。

「教団の目的は神なき世界を終焉させること。そのために邪魔になる、星に選ばれた者達の命を狙っています。そして長年その所在がわからなかった龍を宿した者の居場所が知られてしまいました」

「まさに由々しき事態というやつだね。それで？　キミは、いやキミ達はルクス君をどうしたいんだい？」

そう言いながら再びすぅっと目を細めるアイズ。

口調こそ穏やかなものだがそこには確かに殺気に近い怒りの感情が含まれており、アルクエーナは内心で冷や汗をかく。ロイドは突如張りつめた空気にこの場にいることを後悔し、カレンは紅茶を飲んで喉を潤す。

ここで答えを間違えて世界最強の魔法使いの逆鱗に触れたらその時点でこの国は終わりだ。アルクエーナは大きく息を吐いてから覚悟を決めて口を開く。

「実のところルクスさんを保護……いえ、この場合は軟禁と言った方が正しいですね。そうするべきだという意見が出ました」

アルクエーナはありのままを話すことを選んだ。取り繕ったところでこの学園長のことだからいずれ自分で調べるので無意味な上に逆効果になると判断したからだ。

「強硬派の連中かな？ 彼らの気持ちはわからなくはないが人の人生を何だと思っているんだ。今度会ったら説教だな」

「お、落ち着いてください、学園長。その話は私の一存で止めましたから！」

アルクエーナは今にも転移魔術を使って提言者たちに拳骨を落としに行きそうな勢いのアイズを慌てて制止する。

「そもそも龍を宿した彼は〝龍傑の英雄〟ヴァンベール・ルーラーの唯一の弟子であり、星剣の記憶を引き出すことのできる人物です。なら軟禁するのではなく逆に戦力として考えた方が王国にとっても利益になると提言しました」

「へぇ……可愛い顔をして中々言うじゃないか。王女様の言う通り、ルクス君の実力を考えたらそれが正しい。下手に匿う方が敵に付け入るスキを与えかねないからね。しかも内通者がいるかもしれないなら尚のことね。うん、いい判断だと思うよ」

「ありがとうございます。その上でアンブローズ学園長に折り入ってお願いしたいことがあるのですがよろしいでしょうか？」

「もちろん。我が国の愛する聖女様からのお願いなら大抵のことは聞き入れるよ。言ってごらん」

そう言いながら空になった紅茶のお代わりを取りに立ち上がるアイズ。王女のお願いを断ることができるのは国王陛下くらいなものだ。一体どんな要求をするのか、ロイドには見当がつかなかった。

「それではお言葉に甘えて。私をラスベート王立魔術学園に体験入学させていただけませんか？」

「……はい？」

「ほぉ……学園に体験入学とは。また面白いことを言うね」

アルクエーナのお願いを聞き、ロイドは驚きに目を見開き、アイズは顎に手を当てながらにやりと口角を吊り上げた。その顔は新しいおもちゃを与えられた子供のように無邪気だった。

「百聞は一見に如かず。私はこの国を背負う者として、自分の目でルクス・ルーラーという方を確認したいのです」

真剣な眼差しと確固たる決意を秘めた表情で訴えるアルクエーナ。その熱意と国を、いやそれ以上のモノを小さな肩に背負っている少女の願いを無下にすることはできない。

「いいだろう。特別に王女殿下の体験入学を認めよう。思う存分キミの目で龍傑の英雄の弟子を見定めるといい」

おそらくこの対応にはルクスをクラス代表に選ぶこと以上に抗議の声が上がることだろう。第二王女は学園に相応しくないと。

「ありがとうございます、学園長。この御恩はいつか必ずお返しいたします」

「気にすることはないよ。キミはキミのやりたいようにやりなさい。だけど王城内の件はどうするつもりだい？　何もしないわけにはいかないと思うけど？」

「その辺りのことはグラディアさんに調査をお願いしてあるので大丈夫です。まぁ今の王城内で信頼できるのはあの人しかいないと言った方が正しいんですけど」

そう言って苦笑いを零すアルクエーナ。口調は軽いが王城の中で信頼できる人間が一人しかいないというのは相当深刻な状況だ。

本人は口には出さないが、体験入学の申し出も安全な場所を探し求めた上での結論だったのだろうとアイズは思う。

「……わかった。学園でのことは全部こちらで済ませておこう。お膳立ても任せてくれたまえ。ねっ、ロイド先生？」

「どうしてここで私に話を振るのですか？　私にできることなんて何もありませんよ？」

不意打ちで名前を呼ばれたロイドは至極真面目に答えるが、アイズだけでなくカレンさえも〝本気で言っているのか？〟という顔になる。アイズはまだしもここまでお菓子を食べるか紅茶を飲むかしかしていなかった元教え子に呆れられるのは業腹だ。

「いやいや。むしろロイド先生は当事者ですよ？　だってアルちゃんが体験入学するクラスはロイド先生のクラス一択なんですから」

「…………なに？」

「そういうわけだからロイド先生、王女殿下をよろしくね？」

「よろしくお願いいたします、ロイド先生」

議論の余地なく決まったことに顔から血の気が引き、ロイドは声にならない悲鳴を上げるのだった。

第2話　王女様が体験入学にやって来た！

魔導新人祭が近づき、徐々に東クラスにもソワソワとした奇妙な空気が充満し始めていた。

「まだ何も決まっていないのにみな気持ちが逸(はや)りすぎですわね。この調子でいたら遅かれ早かれぶっ倒れますわよ」

「そう言ってやるなよ、ルビディア。誰が選ばれるのか気になるのは当然だって。それはお前も同じことだろう？」

頬杖(ほおづえ)をつきながら呆れた様子のルビィと、それを苦笑いとともに窘(たしな)めるレオ。言い争うことも多々ある二人だが何だかんだ馬が合っているよな。

「どうせあなたのことです。選ばれなかった時のことを考えてすでに色々計画しているのでしょう？」

「さすが、鋭いな。代表者とルールが発表されてからの予定だが優勝者、優勝チームを当てるギャンブルに参加するつもりだ。もちろん学園の生徒だけで行われる非合法のな！」

ルビィの疑念に満ちた問いかけにこれ以上ないくらい爽やかな笑顔で答えるレオ。失笑せざるを得ないが、ある意味ハーヴァー家のきかん坊の呼び名に恥じない回答である。

「やれやれ……最低ですわね」

「アハハハ……レオニダス君らしいですね」

にべもない反応をするご令嬢達だがレオは一切気にする素振りはないし、俺もどちらかと言えば肯定派だ。何なら一枚噛ませてほしいくらいだ。

そもそも王都では毎日のように決闘場で賭けが行われているし、俺もそれで生活費を稼いでいたこともある。魔術師達の戦いで大金が飛び交うのは日常茶飯事と言える。

「ちなみに聞きますが、あなたは誰に賭けるのですか？」

「そりゃもちろんルクスか、ルクスのいるチームに全額一点張りに決まっているだろうが！　オッズが高かろうが低かろうが関係ない。男は黙って単勝ぶっぱだぜ！」

「へぇ……レオニダスにしては珍しく中々男らしいことを言うじゃありませんか。その根拠は？」

「ルクスの本気を見たから、としか言いようがないな。魔術、戦技、どれをとっても凄まじかったからな。特にルビディアが倒れされて、ティアリスさんが攫われたとわかった時の鬼気迫る雰囲気といったら……ありゃヤバかったな」

おかげで止めるのが大変だったぜ、と言ってからかうようにニヤリと口角を吊り上げるレオ。話を盛りすぎだ。あの時俺の身体はボロボロですぐに助けに行ける状態じゃなかったのはよく知っているだろうに。

「そうでしたか……余計な心配をかけてしまい申し訳ありませんでしたわね、ルクス」

「ルクス君、心配かけてごめんなさい」

ルビィとティアが揃ってしゅんと肩を落とす。これにはレオも面食らい、俺に助けを求める視線を投げてくるが素知らぬふりをする。自分で蒔いた種は責任をもって自分で摘み取ってくれ。

「それはそうと、ルクスの本気がどのくらい凄いのか気になりますわね。レオニダスの極貧の語彙力では全くわかりませんでしたわ」

「悪かったなぁ、語彙力がなくて！　でも実際どう凄いのかは見てない奴には説明のしようがないから仕方ないだろう？」

立ち直るや否やため息交じりに罵倒するルビィ。それに対してレオは手を上げつつ必死の弁明をする。凄いって言葉が独り歩きしているな。

「そうですね……あえて補足をするとしたら、ルクス君の本気は私達が勝てなかったダベナント・キュクレインと互角以上に渡り合える上に最終的には勝ってしまうくらいには凄いです。これならわかりますか？」

「……なるほど、よくわかりましたわ。さすがヴァンベール・ルーラーに一から鍛えられただけのことはありますわね。これは是が非でもルクスと手合わせがしたくなりましたわ」

ティアの解説でようやく得心がいったのか、ルビィは口元に好戦的な笑みを浮かべながら闘志を滾(たぎ)らせた瞳を向けてくる。

さすがは新入生随一の脳筋と呼ばれるだけのことはある。ただ俺としても一度彼女と戦ってみたいのでこの挑戦は望むところだ。

「ダメです！　ルビィに構うよりルクス君は妹弟子の私に稽古をつけるべきです！　ヴァンベールさんが途中でほったらかしたツケを払ってください！」

頬を膨らませながら訴えるティア。どうやらクソッタレな師匠は借金だけじゃなくて稽古まで俺に押し付けるつもりだったようだ。

「まったく……ルクスが絡(から)むとあなたはわがままお嬢様になりますわね、ティア。婚約話を蹴り続けていたのが嘘(うそ)のようですわ」

やれやれと呆れた様子で呟(つぶや)きながら肩をすくめるルビィ。ティアと出会ってしばらく経(た)つが、初めて会った時には存在していた貴族のご令嬢らしい威厳が今となっては影も形もなくなっている。なんてことを口にしたら拗ねるから言わないが。

「そそそ、そんなことありませんからね⁉　ルクス君、誤解しないでくださいね？　私はわがままじゃありませんからね⁉」

「ハハハ……」

ずいっと身体を寄せながら訴えてくるティア。流れるような銀の髪からふわりと漂う甘い香り、眼下でたゆんと揺れる双丘に頬が熱を帯びるのを自覚しながら俺は苦笑いを零す。この光景は目に悪すぎる。

なんていつもと変わらないたわいのない話をしていると教室の扉が静かに開いた。それが合図となって普段なら教室は静かになるのだが、ロイド先生と一緒に入ってきた女の子を見てざわつき始める。

窓から差し込む日を浴びて淡く輝く桜色の髪。可憐な容姿にはまだ幼さが残ってはいるものの成長すれば稀代の美女になることが容易に想像できる。淡く透き通った宝玉のような瞳からは凛とした荘厳な空気が漂っており、思わず見入ってしまう不思議な力があった。

「おいおい……これは何かの冗談だよな？」

「どうしてあの方が学園に？　入学するにしても来年のはずではなくて？」

一瞬前までたわいのないやり取りをしていたレオとルビィが顔を引きつらせている。ティアも訳がわからないといった表情で少女のことを見つめている。既視感を覚える顔立ちをしているがこの子は有名人なのだろうか。

「静かに。突然のことでキミ達が驚くのはわかるがそれは私も同じだ。話を聞いた時は正直頭が痛くなって辞表を提出するか、もしくは学園長を本気で説教するか悩んだほどだ」

悲哀と怒気がごちゃ混ぜになった複雑怪奇な顔で話すロイド先生。これから一日が始まるというのにすでに顔には疲労がありありと滲み出ている。それもこれも全てアンブローズ学園長のせいか。

「ただ決まってしまった以上、私に何か言う権利はないのでね。諦めて受け入れることにした。まぁそんな話は置いておいて。自己紹介をしていただけますかな？　と言ってもあなたのことを知らない者はごく一部を除いていないと思いますが」

念のために、と言いながら俺に視線を向けるロイド先生。

「フフッ。構いませんよ、ロイド先生。皆様、初めまして。本日から魔導新人祭が終わるまでの間、体験入学させていただくことになったアルクエーナ・ラスベートと申します。見てのとおり若輩者ですがどうぞよろしくお願いいたします」

そう言ってぺこりと一礼する美少女を見て教室はしんと静まり返る。これは驚愕、困惑、疑問、様々な感情が渦巻いているが故の沈黙だ。

ティアやルビィといった国有数の貴族のご令嬢ですら緊張で顔を強張らせている。その理由は実に単純。彼女の名前に〝ラスベート〟が含まれているからだ。それが意味するところ、つまりこの美少女が何者かは世間に疎い俺にだってわかる。

「そういうわけだから本日よりラスベート王国が第二王女、アルクエーナ・ラスベート様が諸君らのクラスメイトになることとなった。くれぐれも無礼のないように」

私一人の首では済まないからな、とロイド先生は物騒なことを付け足すが、冗談と笑い飛ばせないのが恐ろしいところだ。

「それではアルクエーナ様。授業まで時間があまりないので空いている好きな席にお座りいただけますか？」

「え、もう座ってしまうんですか？　その前にお約束の皆様からの質問に答える時間はないんですか？　転入生には必ず行う定番行事はナシですか⁉」

信じられないといった顔でロイド先生に食ってかかるアルクエーナ様。突拍子もないというか世俗的な質問に俺達は呆気にとられ、ロイド先生はこめかみを押さえながら深いため息を吐く。王女様は思っていたより自由人らしい。

「……わかりました。では質問の時間を取りましょう。キミ達、何かアルクエーナ様に聞きたいことは――」

「はい！　まずは私からよろしいでしょうか⁉　よろしいですよね⁉」

「……どうぞ、アルクエーナ様」

好きにしてくださいと諦めきったロイド先生の心の声が聞こえてきたのは決して俺の気のせいではないだろう。それは俺達生徒側も同じだ。まさか質問者に転入生自ら名乗りを上げるとは。

「ルクス・ルーラーさんはどちらにいらっしゃいますか？」

「ん……？　俺？」

突然名前を呼ばれて思わず呆けた声が漏れる。教室にいる者全ての奇異な視線が一斉に向けられる。だが王女様はそんな空気など一切気にすることなくゆっくりと歩を進めて近づき、俺の目の前で止まる。

「ずっと前からあなたにお願いしたいことがあったんです。ルクス・ルーラーさん、どうか私の師匠になっていただけませんか？」

「………………はい？」

満開の花のような微笑みと共に発せられた言葉の意味がわからず間抜けな声が出る。隣に座っているティアやルビィは衝撃のあまり口をあんぐり開けて固まっている。

ほんのわずかな間に突然に突然を重ねてきた王女様のこの日一番の発言に教室が騒然と

なったのは言うまでもないだろう。

「申し訳ありませんが俺は師匠――ヴァンベール・ルーラーのように誰かに技を教えられるような人間ではありません。別の人に頼んでください」

「フフッ。話に聞いていた通り、ルクスさんって真面目な人なんですね。ですが残念ながらヴァンベールさんから〝この先の稽古は息子のルクスにつけてもらってくれ〟と言われているんです。だから……わかりますよね？」

そう言うアルクエーナ様は微笑んでこそいるが、拒否することは絶対に許さないという圧を言外に放っていた。というかクソッタレな師匠が俺の与り知らぬところでとんでもない口約束をしていたとは思わなかった。できることなら全力で断りたいところだが、相手がこの国の王女様なら引き受けざるを得ない。

「ちょ、ちょっと待ってくださいアルクエーナ様！」

バンッと勢いよく机を叩きながら立ち上がって待ったをかけたのは自称俺の妹弟子のティアだった。生徒達が視線を俺から一斉に移行させて固唾を呑む。

「あなたはユレイナス家のティアリスさんですね。何を待てとおっしゃるのですか？　もしかしてあなたもルクスさんに弟子入りを希望しているとか？」

「ええ、そうです。ルクス君の一番弟子は私です――って違います！　アルクエーナ様、私が聞きたいのはヴァンベールさんとの関係です！」

弟子に取ったつもりはないと心の中でツッコミを入れる。だが彼女の質問自体は俺も気になっていたことではある。まさかユレイナス家だけでなく王家からも借金をしていたんじゃないだろうな。

「あら、ティアリスさんはともかくルクスさんはヴァンベールさんから何か聞かされていないのですか？」

「残念ながら何も。ご存知かと思いますが俺の師匠は秘密主義なところがありましてね。アルクエーナ様に稽古をつけているなんて聞かされていません」

ただその秘密主義のおかげでティア達と出会い、俺はこうして学園に通うことができているわけだが。借金を押し付けてきたのは余計だったけど。

「そうでしたか。それなら驚くのは無理もありませんね。実は私もほんの数日間ですがヴァンベールさんから魔術を教えてもらったことがあるんです。まぁ結果は散々でしたけど」

ペロッと舌を出して笑うアルクエーナ様。その顔は威厳のある王女のそれではなく年相応の可憐なものだった。

「ですがヴァンベールさんは自由奔放な方でして……これから本格的に稽古をつけていた

だこうとした矢先にどこかに行ってしまったんです。ですから中途半端になってしまった稽古の続きを唯一の弟子であるルクスさんにしていただきたいのです！」

異論は認めません、と力強く宣告してくるアルクエーナ様。異論があるどころか暴論もいいところだと思う。どうして師匠の尻拭いを弟子の俺がしないといけないのか。というか王女様の稽古をほったらかして逃亡するなんて何を考えているんだ。

「そういうわけなのでお願いしますね、ルクスさん」

アルクエーナ様の語尾にハートマークが付きそうなくらい甘い声音で発せられたこの言葉に一瞬で教室中がお祭り騒ぎになる。ちなみに隣にいるティアは声にならない悲鳴を上げて今にも泣きそうな顔になっていた。

「んんっ！　アルクエーナ様、お話中のところ申し訳ありませんが、ルクスへの弟子入りの件はその辺にして一度席についていただけますか？　そろそろ授業が始まりますので」

そう言って頭を抱えるロイド先生。このわずかな時間で頬がこけてやせ細ったように見えるのは気のせいだろうか。

「あっ、これは失礼いたしました。それではルクスさん、この話の続きは後ほどじっくりするということで。それはそうと隣に座ってもよろしいですか？」

素直に謝罪の言葉を述べてからさも当然のように俺の隣に座ろうとしてくるアルクエー

ナ様。しかしそこに立ち塞がるのは二人のご令嬢。

「残念ですが、アルクエーナ様。ルクス君の隣はすでに埋まってます。席はたくさん空いているのでどうぞ他をあたってください」

「こればかりはティアの言う通りですわね。アルクエーナ様、隣はお譲りできませんが前ならば空いているのでぜひそちらへ」

ちなみに俺の前にはレオが座っているので決して空いているわけではない。突然いない者扱いされたハーヴァー家の次男坊は信じられないと言わんばかりに睨みつけるが、当のルビィはどこ吹く風。それどころか〝さっさと移動しなさい〟と無慈悲な追撃をかける始末。

「その申し出は非常にありがたいのですが、やっぱり私はルクスさんの隣は譲れません。なにせ初めての学園生活ですからね。色々不安なので師匠のそばについていたいのです！」

「そもそも俺はあなたの師匠になったつもりはないんですけどね？」

「ルクス君もそう言っているので諦めて前の席に座ってください。それともラスベート王国の第二王女ともあろうお方が席の一つや二つでわがままを言うつもりですか？」

ティアの容赦のない辛辣な一撃がアルクエーナ様の急所を的確に捉えるが、見ているこっちとしては変な汗が止まらない。この不毛な争いに決着をつける方法があるとすれば――

「わかりました。そこまでおっしゃるならここは学園のルールに則(のっと)って決闘で決めることにいたしましょう」

「……いいでしょう。ルクス君の隣の席を賭けたその決闘、受けます！」

「そういうことでしたら私も参加ということになりますわよね？　ですがこれでは二対一。対等ではありませんわ。それに失礼ですが、王女様は戦えるのですか？」

「……ルビディアさんのおっしゃる通り、私は非力でか弱い身。お二人のように戦うセンスはありません。ですが心配ありません。ちゃんと助(すけ)っ人(と)を呼びますから。カレンさん、入ってきてください！」

アルクエーナ様が名前を呼ぶのと同時に扉が勢いよく開いたかと思えば一人の女性が我が物顔で教室に入ってきた。

澄んだ夜空を思わせる黒髪。一つ結びにされたそれは明朗快活な主(あるじ)の性格を体現するかのように可愛(かわい)らしく躍動している。くりっとして吊(つ)り上がった瞳に大人びた秀麗な容姿。美麗と形容するに相応(ふさわ)しく近寄りがたい雰囲気を、口元に浮かべている無邪気な笑みが見事に中和している。

何とも不可思議な人だが俺はこの人に見覚えがあった。何より彼女が羽織っている外套はラスベート王国に住んでいる者達の憧れと希望の象徴そのものだ。

「やっと呼んでくれましたね、アルクエーナ様！　このまま放置プレイされるんじゃないかと思って扉の前でヒヤヒヤでしたよ！」

ニャハハと笑う女性を見て、いよいよいつ倒れてもおかしくない精神状態にまで追い込まれるロイド先生。

「ご紹介します。彼女は今日から学園生活を送るにあたり、私の護衛を務めていただくことになった【アルシエルナイツ】のカレン・フォルシュさんです。みなさん、仲良くしてあげてくださいね」

何の気なしに発せられた【アルシエルナイツ】という単語。そしてカレン・フォルシュという名前。つまりこの人は――

驚愕に次ぐ驚愕によって東クラスから反応の色が消える。史上最年少で【アルシエルナイツ】への入隊を成し遂げた天才にしてロイド先生の教え子。

「カレン・フォルシュです！　私のことは気軽にカレンちゃんって呼んでね！　よろしくね！」

キラッと星が煌めくようなウィンクをするカレンさんに対して、俺達は心を一つにして

〝気軽に呼べるかっ！〟と声に出さずにツッコミを入れる。

「アルクエーナ様、まさかと思いますが助っ人というのはカレン様なんておっしゃいませんわよね？」

「フフッ。もちろん、決闘の助っ人としてカレンさんに入っていただきますよ。なにせ彼女は私の護衛ですからね。これも仕事の内です！」

震える声で尋ねるルビィにさも当然のことのようにアルクエーナ様は答えるが、いくら何でもこれは暴論だろう。王女としての権力を自由に使いすぎだ。

「学生同士の決闘に助っ人として参加するのは【アルシエルナイツ】の仕事には入らないと思いますが……まぁいいですわ。ティアも異論はありませんわよね？」

「大ありです！　と言いたいところですが現役の【アルシエルナイツ】と手合わせできるまたとない機会ですからね。望むところです」

静かに闘志を燃やすティアと、早くも好戦的な笑みを浮かべるルビィ。そんな若き才能を前にして最強格の魔術師に名を連ねる女性は嬉しそうに微笑む。

「うん、うん。やっぱり学園生活の醍醐味と言えば決闘よね。可愛い後輩のためにお姉さんが一肌脱いじゃうぞ！」

「フフッ。期待していますよ、カレンさん。そういうわけなのでロイド先生、今日は予定を変更してこれから決闘ということでよろしいですね？」

「よろしくありません、ダメに決まっているでしょう。と言いたいところですが……王女殿下の希望はなるたけ叶えるようにと学園長に言われているのでね。幸い今日最初の授業は私の〝魔術戦闘科〟なので許可いたします」

そう言ってもう何度目かになる深いため息を吐くロイド先生。かくして学園創設以来、恐らく最もくだらない理由で決闘が行われることが決定したのだが、

「そうだ！　ちょうどいい機会だからキミも参加しなよ、ルクス君！　伝説の英雄の唯一のお弟子さんであるキミの実力、お姉さんに見せてほしいなぁ」

可愛い声で言っているがその表情は真逆の獲物を見つけた狩人のそれだ。殺気すら感じる獰猛な微笑みに対して俺は努めて冷静に質問をする。

「……それだと実質三対一になって王女様とカレンさんが不利になるんじゃないですか？」

アルクエーナ様の助っ人として加わったのに俺まで参加したら本末転倒だ。ティア達も困惑している。もしも【アルシエルナイツ】の実力がかの外道魔術師と同等だったら数的不利は覆せない。だがそんな俺達の杞憂をよそに、現役最高峰の魔術師は笑みを崩すことなくこう言った。

「大丈夫、大丈夫。だって私、強いから！　そしてキミ達は——弱いから」

＊＊＊＊

授業のために場所を教室から最早お馴染みとなっている室内闘技場へと移し、早々に決闘を済ませることになった。生徒間の決闘では以前俺とアーマイゼがそうであったように得物は木剣を始めとした非殺傷武器の使用が義務付けられているのだが、今回はカレンさんの提案により使い慣れた得物を手にしている。

「いやぁ——今日は決闘するには最高の天気だね、ロイド先生！」

張りつめた空気の中、底抜けに明るい声で呑気に話すのはラスベート王立魔術学園の学園長にしてだいたいの騒動の元凶でもあるアイズ・アンブローズ学園長。俺達が闘技場に向かう途中で偶然鉢合わせ、そのままなし崩し的に付いてきたのだ。

「こんな日に我が校の卒業生にして【アルシエルナイツ】のカレン嬢と将来有望な三人が手合わせすることになるなんて……キミのクラスは本当に退屈しないね！」

「全てあなたの差し金ですよね、アンブローズ学園長？　あなたはそんなに私の胃に穴を開けたいのですか？」

「失礼だなぁ。慈愛が人の形を取っている私がかつての可愛い教え子を心労で追い込むはずがないだろう？　それにいくら私が魔法使いだからといってもまさか初日からこんなことになるとは予想はしていなかったよ」

「つまりいつかはこうなるだろうことは予測していたわけですか……」

アンブローズ学園長のあっけらかんとした態度に肩をすくめるロイド先生。そんな二人の気の抜けるやり取りを尻目に、俺はティア達とこの不毛な決闘に勝つための作戦会議を行っていた。

「さて、まさか王女様と【アルシエルナイツ】のカレンさんと決闘することになりましたがどう戦いましょうか」

「どう戦うも何もありませんわ。相手は遥か格上、国を背負って立っている最強の魔術師の一人。下手な小細工を弄したところで正面から叩き潰されるのがオチです。意味があるとは思えませんわ」

ティアの問いを一刀両断するルビィ。その発言に普段は温厚で優しいティアもムッとした表情になる。

「それならあなたはどうやって戦うつもりなんですか、ルビィ」

「そんなの決まっていますわ。目には目を、歯には歯を。力には力を、ですわ！」

グッと拳を作って力強い言葉を口にするルビィ。その姿はまさに歴戦の女傑といった感じで実に頼もしいのだが、ティアはやれやれと頭を抱えながらため息を吐いた。

「ハァ……ルビィに聞いた私が馬鹿でした。これだから脳筋だの鉄拳聖女だのと呼ばれている人は困るんです。仕方ありません。ルクス君、私達だけで考えましょう」

「ちょっとティア。誰が脳筋ですって？」

これから戦いが始まるというのに仲間内で一触即発の空気を出すのはやめてほしい。でも火属性と氷属性くらいに相性がよくない二人が同じチームになったらこうなるのも当然だけど。

「そうだな……ここはルビィの言う通り、素直に正面からぶつかった方がいいんじゃないかな？」

「そ、そんなぁ⁉ 冗談ですよね？ ルビィの影響でルクス君も脳筋になっちゃったとか言わないですよね？」

「だから私を脳筋と言うのはやめなさい。そしてルクス、やっぱりあなたとは話が合いますわね」

地団駄を踏んで嘆くティアと誇らしげに微笑むルビィ。対照的な二人の反応に俺は苦笑いを零してから理由を説明する。

「確かにティアの言うように、圧倒的に格上の相手と戦うならそれなりの策はいくつかあった方がいい。そこに間違いはない。ただそれには相手の情報が必要だ。相手のことを何も知らないんじゃ対策も何もしようがない」

「た、確かに……そうですね」

アルクエーナ様とのやり取りで頭に血が上っていなければ、この程度のことは普段の冷静なティアならすぐに思い至るはずだ。

「それともう一つ。今話した情報に関わることだけど、どちらかと言えば俺としてはこっちの方が本命かな？」

言いながら俺は観客席で一人ぽつんと座っている青空色の髪をした女の子に視線を向ける。その人物は遠目からでもわかるほど他を寄せ付けない静謐（せいひつ）で神秘的な空気を放っていた。

「ヴィオラ・メルクリオですわね。まさか彼女が実技の授業に顔を出すとは……これは運が悪いですわね」

魔導新人祭の北クラス代表にして四大魔術名家のご令嬢が病弱で有名なことは聞いていた。そしてルビィ曰（いわ）く、座学はまだしも実技の授業にはこれまで一度も顔を出していないともっぱらの噂（うわさ）とのこと。

「せっかくの機会だからな。魔導新人祭に向けてあいさつ代わりにガツンと力を見せておくのも悪くないかなって」

「結局脳筋ってことじゃないですか！」

「ウフフッ。ルクスも男の子だったということですわね。さぁ、ティア。駄々を捏ねるのもこの辺にして真正面からぶつかりに行きますわよ！」

頭を抱えて絶叫するティアの肩を、瞳に闘志を燃やしながらポンと叩くルビィ。そんな俺達三人の様子をここまで黙って見ていたカレンさん達も口を開いた。

「いやぁ――やっぱり若いっていいねっ！　切磋琢磨し合える気の合う仲間がいるって素晴らしいことだよ！」

「フフッ。ルクスさん達と違ってカレンさんの学園生活はバラ色とは無縁の灰色でしたもんね」

「そうそう！　みんなして私のことを没落貴族の落ちこぼれとか言って散々虐めてきたからね！　まぁ卒業までにきっちり全員と決闘してぶっ飛ばしたけど！」

そう言って呵々大笑するカレンさん。そういえばロイド先生が学生時代のカレンさんは落ちこぼれだったって前に話していたよな。

「私の話はこれくらいにして。そろそろ決闘を始めようか！　ロイド先生、審判お願いできますか？」

「……魔導新人祭の前だ。くれぐれも私の大事な生徒達にケガを負わせたりするんじゃないぞ？」

「はいはい、言われなくてもわかっていますって！　私を何だと思っているんですか、先生？」

「加減を知らない決闘バカ以外に何かあると思うのか？」

国を背負う魔術師になったとはいえ教え子であることには変わりないのか、あまりに辛辣で容赦のないロイド先生の口ぶりに大袈裟に落ち込むカレンさん。

「ハッハッハッ！　大丈夫だよ、カレン嬢。何かあったら私が何とかするから安心して戦うといい。【アルシエルナイツ】の実力を、いずれこの国を背負うであろう才能の原石たちに教えてあげてくれ」

「わかりました、学園長！　それではお言葉に甘えて全力でやらせていただきますっ！」

そう言ってビシッと敬礼をするカレンさんを見てアンブローズ学園長は満足そうに頷いた。ちなみにロイド先生は文句を言うことを諦めて死んだ魚のような目になっていた。

「それではこれよりルクス、ティアリス、ルビディアとアルクエーナ様、カレンの三対二の決闘を始める。みな、準備はいいか？」

「「「「はい！」」」」

五人の声が綺麗に重なる。和やかかつ弛緩した空気が一気に緊張感を帯びる。俺とティアは剣を構え、ルビィは腰を落として突撃体勢を取る。対するカレンさんはアルクエーナ様を背に隠しつつ両手を組んで仁王立ち。腰に差している剣を抜く気配すらない。

「油断している最初がチャンスですわね。一気に攻めますわよ」

ルビィのささやきに俺とティアは無言でこくりと頷く。武器も取らずに浮かべている余裕の笑みをまずは消す。話はそこからだ。

「よろしい。それでは――始めっ！」

ロイド先生の号令の下、決闘の幕が上がる。俺とルビィが突撃の体勢を取り、ティアが魔術の行使に入る。だがそれらよりも一歩以上早く行動を起こした人物がいた。

「それじゃあお手並み拝見といきましょうか！」

それは他でもないカレンさん。彼女のまるで友人の家に遊びに来たかのような声が聞こえてきた時にはすでに俺達の間合いは掌握されていた。

「火炎よ、爆ぜろ《イグニス・エクスプロード》！」

「――まずい！」

パチンッと乾いた音が鳴り、俺がティアとルビィを思い切り押し飛ばしたのと、闘技場に轟音とともに爆炎が噴きあがったのはほぼ同時。初歩的な魔術とは思えない威力に会場が騒然となる。

「そんな……ルクス君、無事ですか⁉　生きていたら返事をしてください！」

「奇襲をかけるはずが逆に奇襲をかけられるとは……油断していたのは私達だったというわけですか」

「咄嗟に女の子二人を突き飛ばして守るとは。ルクス君もカッコイイことをするねぇ。でもそれで自分が倒れたんじゃ意味ないんだけど――」

「――勝手に倒した気にならないでもらえますか？」

土煙を吹き飛ばしながらカレンさんに斬りかかる。確かに見た目も威力も派手だったが所詮は第一階梯の魔術。何度もできない力業だが、魔力で肉体を強化すればダメージを最小限に抑え込むことは可能だ。

「おぉ！　とっさに二人を突き飛ばしただけじゃなくて魔力で身体を強化してしっかり耐えたんだ！　やるじゃん、ルクス君！」

振り下ろし、切り上げ、水平斬りの三連撃を繰り出すも褒め言葉とともに紙一重で回避される。やはりただの斬撃では意味はないか。

「フフッ。ルクス君、キミの力はその程度なんて言わないよね？　もしそうなら王女様は任せられないぞ?」

蝶のように可憐に舞いながら軽い口調で無責任な言葉を投げてくるカレンさん。王女様の護衛を任された日には心労で倒れかねないので丁重にお断りさせていただくとして。軽口は終わりにしてそろそろ真面目に戦ってもらうとしよう。王女様が魔術を使うどころか一歩も動いていないのは気掛かりではあるが、今は目の前の人に集中しよう。

「アストライア流戦技――《天雷之乱花》」

純黒の稲妻を剣に纏わせ、この身を一筋の雷光と成して千の鳥が劈くような轟音を響かせながら斬りかかる。

この戦技は連続攻撃。先ほどのように紙一重で回避したとしても、当たれば身体の動きが鈍くなる雷撃の二次攻撃がある。大きく飛び退いてもティアとルビィがその着地を狙っている。

どう出る、最強――?

「この程度で私に本気を出させようなんて……もしかして私のこと、舐めてる?」

「――!?」

ゾッと背筋に悪寒が走り、頭の中に警鐘がガンガンと鳴り響く。この感覚はクソッタレな師匠と鍛錬という名の本気の殺し合いをしている時に感じたのと同じもの。つまり、回避するのは俺の方だ。

「――疾ッ！」

わずかに腰を落とした構えから放たれるは抜刀術。黒鉄の刃が俺の首を落とさんと神速に迫る速度で襲い掛かる。

「――くっ⁉」

攻撃どころではない。俺は急制動をかけて身体が悲鳴を上げるのを無視して後方へ飛び退く。だがそれでカレンさんの攻撃が終わるはずもなく。

「甘いよ、ルクス君。チョコレートのお菓子より甘い！」

激流のように激しく、それでいて演武のように洗練された連撃。必死に対応するが一瞬でも反応が遅れればあっという間に呑み込まれる。そして恐ろしいことにこれはただの斬撃であって魔術でもなければ戦技でもない。

「どうしたのかな、ルクス君⁉　威勢がいいのは口だけなのかなぁ⁉」

言わせておけば、と言い返したいところだが防戦一方な上にそもそもそんな余裕は欠片もない。この瞬間にも斬撃以外の攻撃が飛んでくるかもわからない。気を抜けば即、死だ。

「火炎よ、弾丸となり爆ぜろ。《イグニス・バレット》！」

ティアの呪文に反応して背後から飛んでくる火弾を横に飛んで避けるが、カレンさんはものともせずに手にした得物で斬って捨てる。ほんの一瞬ではあるが動きが止まる。そしてその隙を鉄拳聖女は見逃さない。

「ヴェニエーラ流戦技――《虎踏霜柱(ことうしもばしら)》！」

勢いよく力強く地面を叩(たた)きつけた右足を中心に霜の棘(とげ)が広がり、カレンさんの下半身を氷の中に閉じ込める。

ルビィは追撃を叩きこむべく拳を振り上げるが再び頭の中に警報が鳴る。身動きが取れない以上ルビィの一撃は必殺、もしくはそれに準ずるものになるだろう。それなのにどうしてカレンさんは笑っているんだ。

「ダメだ、ルビィ！　離れろ‼」

「これで決めますわ！　ヴェニエーラ流戦技――《龍火崩撃》！」

俺の制止より早く烈火を纏った拳を振り抜くルビィ。俺もティアも、そして観客の誰もが直撃すると確信したこの一撃を、しかし現役の【アルシエルナイツ】の若き天才は不敵な笑みとともに真正面から撃ち落とした。その手段は、

「記憶解放――〝八岐大蛇首落とし(やまたのおろちくびお)〟」

これは神代に存在した、無限に等しい再生能力を有した八つの首を持つ大蛇を打ち倒した武神の秘技の再現。

虚空に浮かび上がる巨大な八本の刀剣。神々しさと禍々しさという矛盾を内包するそれは、戦いの最中だというのに息をするのも忘れるほど美しく心が震えた。そして同時に絶対の死が頭をよぎる。

「壱の太刀【臨】」

そのうちの一振りがルビィ目掛けて無慈悲に振り下ろされる。我に返った俺は魔力を練り上げて地面を踏み抜き全速力で翔ける。

「アストライア流戦技――《瞬散》」

目に映る世界の動きが極限まで遅くなる。記憶から生み出された神剣を受け止めようなどと考えるな。今はただ一瞬でも速く走ることだけを考えろ。

ドッッッガァァアアアアンッ――――‼

「ルビィ――‼ ルクス君――‼」

闘技場に響き渡る轟音とともにド派手に舞う土埃。ティアの叫び声に重なるように観客席から声にならない悲鳴が上がる。

「……ロイド先生。キミは教え子に手加減って言葉を教えなかったのかな？」

「私の責任だと？ 冗談も大概にしていただきたい。世界広しといえども学生相手に記憶解放をぶっ放す馬鹿はあいつくらいです。つまり私に責任はありません」

審判を務めているアンブローズ学園長とロイド先生は呑気な会話をしている。それは俺達の無事を確信しているからに他ならない。

「手加減したとはいえ、あの斬撃が地面に当たる前にルビディアちゃんを助けるとは……ルクス君も中々やるねぇ」

「お褒めにあずかり光栄です、と言いたいところですが正気の沙汰とは思えませんね。もしあれがルビィに直撃していたらどうなっていたか……わかっていますよね？」

ひゅぅと口笛を吹きながら感心しているカレンさんに、俺の声に呆れに加えて怒気が交じる。大ケガではすまない、下手をすれば今頃ルビィは消し炭になっていたぞ。

「言ったでしょう？　ちゃんと手加減したって。何なら当たらないように軌道も調整していたからね？　それにしても今のルクス君の顔……すごくいいね！　私、ゾクゾクしてきちゃった」

そう言いながらペロリと舌なめずりをするカレンさん。その瞳は獲物を見つけた獰猛な肉食獣のそれだ。学生を相手にした模擬戦の延長のような戦いでしていい顔ではない。

「あ、あの……ルクス。危ないところを助けてくれたことについてはとても感謝しているのですが……そろそろ下ろしていただけますか？」

いつもの勝気さは鳴りを潜め、まるで借りてきた猫のように殊勝で覇気のない、それで

いてどこか恥ずかしそうに身体をくねくねさせるルビィ。さらに追い打ちをかけるようにティアが震える声で、

「ルルル、ルクス君！　どうしてルビィをお姫様抱っこしているんですか⁉」

言われて初めて俺はルビィをお姫様抱っこしていることに気が付いた。カレンさんの攻撃から助けることだけに意識を割いていたのでこんなことになっているとは。

「えっと、あの……ですね。私はこう見えて殿方と肌を重ねるのは経験がないといいますか、むしろ初めてといいますか……できれば優しくしていただけますか？」

「………………はい？」

火属性魔術を発動しそうなくらい顔から耳まで真っ赤にしたルビィが甘さを大量に含んだ可愛い声で呟く。

「フフッ。真剣勝負の真っ最中だっていうのにルクス君も隅に置けないねぇ。ヴェニエーラ家の鉄拳聖女ちゃんの乙女の姿は貴重だから得した気分だけど」

「ルビィもいつまでルクス君の腕の中にいる気ですか⁉　まだ決闘は終わっていませんよ⁉　可及的速やかに下りてください！」

「ユレイナス家の天才ちゃんも虜にするとは。英雄色を好むってやつかな？」

「あの人と違って俺は英雄なんかじゃありません。適当なことを言わないでください」

俺はルビィを優しく地面に下ろしながら反論するが、カレンさんは〝本当かなぁ？〟とニヤニヤとからかうように笑い続けている。

「……そのにやけ面、今すぐできなくさせてやる」

剣を握る手に力を込める。仮にルビィに当たっていなかったとしても重傷を負っていたことに変わりはない。大事な友人が危険に晒されて大人しくしていられるほど俺は寛容じゃない。

「……本当にキミは面白い子だね、ルクス君。それじゃそろそろ遠慮なく、私も本気を出しちゃおうかな」

カレンさんの身体から爆炎が噴きあがり、彼女の身体を縛っていた氷が跡形もなく蒸発する。その熱波の余波に肌がチリチリと焼ける感覚を抱く。

彼女は魔術を発動したわけじゃない。今のは単に魔力を噴出させただけ。ただそこに彼女の魔術適性である〝火〟を交ぜることでルビィの氷を溶かしたのだ。

それはいわば、透明な水に絵の具を垂らして色付けするようなもの。魔術師ならば無意識に行える至って初歩的な技術だ。ただカレンさんの場合、その練度が恐ろしく高い。同じことをやれと言われてできる魔術師はそうはいないだろう。

「これがあのクソッタレな師匠が隊長をやっていた【アルシエルナイツ】の実力か。まったく、本当に世界は広いんだな」

「ルクス君が思っている以上に広いと思うよ？　なにせ私の上司は私より強いからね。まあそれでも龍傑の英雄には敵(かな)わないかもしれないけど」

「……師匠を無駄に持ち上げるのはやめてください。あの人が聞いたら調子に乗るだけなので」

確かに俺はあの人と剣を交えて一度も勝ったことはないが、英雄と呼ばれていた時ならいざ知らず、毎日飲んだくれているどうしようもない男がカレンさんやその上司のような現役の魔術師より強いはずがない。

「アッハッハッハ！　本当にルクス君はヴァンベール・ルーラーにだけは辛辣なんだね！」

「身内だからって贔屓(ひいき)はしないのが信条ですから」

「ん――ますます気に入った！　よし、私が勝ったらルクス君を私の弟にしちゃおうかな！」

昔から弟が欲しかったんだよねと笑いながらとんでもないことを言い出すカレンさん。この発言に俺は開いた口が塞がらなくなり、ティアやルビィは唖然(あぜん)とし、アルクエーナ様も困った顔になっている。ちなみにロイド先生はため息を吐(つ)きながら肩をすくめ、アンブローズ学園長は腹を抱えて笑っている。

「言っておくけど私は本気だからね？　拒否権を行使したければ私に一撃入れることだね！」

「自分勝手な……」

「ウッフッフッ。それじゃいくよ？　今度は手加減なしの記憶解放でいくからね？　だからルクス君も本気でくるんだよ！」

　つまり星剣の記憶解放を使えということか。確かにそれ以外に彼女の攻撃に対抗する術はないのも事実だが、果たしてこんな戦いで使っていいのだろうか。あれはもっと違う場所で、大切な人を守るための戦いでこそ真価を発揮する力のはずだ。

「どうしたのかな？　こないならこっちから行くよ！　記憶解放――――」

「はいはい、スト――――ップ！　熱くなっているところ申し訳ないけど決闘はここで終わり！」

　カレンさんが八相の構えをしたところでアンブローズ学園長がパンパンと手を叩きながら間に割って入ってきた。

「ちょ、学園長！　これからって時にどうして邪魔をするんですか⁉」

「そもそもこれはただの決闘だよ？　しかも相手は今年入学したばかりの一年生。そんなひよこ相手に【アルシエルナイツ】が本気を出されたんじゃどうなるかわかったもんじゃない」

「そ、それはそうですけど……でもルクス君は――――！」

「それ以上は何も言うな、カレン・フォルシュ。キミにその権利はない。もしこれ以上余計なことを口にするなら……殺すよ？」

つい先ほどまで笑っていた人と同一人物とは思えない底冷えするような声音と、決して逃れられない死を想起させる瀑布（ばくふ）のような殺気。

「も、申し訳ありませんでした。アンブローズ学園長」

さすがのカレンさんも本気でブチギレているアンブローズ学園長を前にしたら大人しく引き下がるしかないようだ。

「わかればよろしい！　それじゃ勝敗についてだけど……これはルクス達の勝ち寄りの引き分けってことでいいかな？　アルクエーナ王女殿下、何か異論はありますか？」

この決闘の間、一歩も動くことなく沈黙を保ったまま戦況を見つめていたアルクエーナ様は優雅な微笑（ほほえ）みを浮かべてこう言った。

「いえ、異論はありません。むしろカレンさんの過剰攻撃による反則負けと言われても反論できないくらいです」

「そんなぁ⁉　アルちゃんは私の味方なんだからそこは抗議してくれてもいいんじゃないかな⁉」

きっぱりと断言されて慌てふためくカレンさん。だがそんな情けない姿をさらす【アルシエルナイツ】に対して年下の王女殿下は容赦のない攻撃を繰り出す。

「カレンさん、いくらテンションが上がったからといってもさすがにあれはやりすぎです。ルビディアさんやルクスさんに万が一のことがあったらどうするのですか？　まさかと思いますが、私の力で何とでもなるから大丈夫！　なんて考えてはいませんよね？」

「……えっと、それは……その……えへへ」

「カレンさん、後でお説教です。覚悟の準備をしておいてくださいね？」

「そんな殺生なぁ⁉」

笑ってごまかそうとするも、目は笑っていない怒りの笑顔でアルクエーナ様に宣告されて情けない悲鳴を上げるカレンさん。殺気立って緊迫していた闘技場の空気がようやく和む。

「まったく……少しは成長したかと期待してみれば何も変わっていないどころかむしろ酷くなったな、カレン。元担任として恥ずかしいよ」

「ロイド先生までぇ……私なりに頑張ったのにぃ……ぐすん」

膝から崩れ落ちながらおよよと涙を流すカレンさん。これがラスベート王国の最後の切り札、【アルシエルナイツ】の隊員の姿かと思うと微妙な気持ちになる。現に観客席にいる生徒達は苦笑いを浮かべて反応に困っているしティア達も——

「ルビィ……あなた、ルクス君にお姫様抱っこされてデレデレになっていましたよね？　あれはどういうことですか？」

「どうもこうもありませんわ！　わ、私は別にデレデレなんてしていませんわ！　言いがかりはよしてくださいまし！　た、ただ殿方に抱きしめられるのが初めてだったので嬉しく……ではなく動揺しただけですわ！」

ティアにジト目を向けられて珍しく両手を振り回して慌てふためくルビィ。

少しは落ち込むかと思ったがそんなことは一切なかった。むしろ決闘が終わったばかりとは思えないくらいに元気だった。労いの言葉をかけようと思ったけど落ち着いてからの方がよさそうだな。

「それでは肝心のアルクエーナ王女殿下の座席ですが、決闘の結果はルクス達の勝ち寄りの引き分けなので私が決めさせていただきます。こちらも異論はありませんね？」

カレンさんの暴走で忘れていたが、この決闘の本来の目的はアルクエーナ様の座る席を決めることだった。勝てばアルクエーナ様は俺の隣に座ることができるが、勝者がいない以上、こうなるのは必然だ。

「い、異議あり！　それには異論があります！　確かにこの決闘はおバカ……カレンさんの暴走で引き分けになったのでルクスさんの隣の席は諦めます！　ですが負けたわけではないのでせめてルクスさんの前の席に座らせてください！」

「うぅ……アルちゃんが辛辣だよぉ。ルクス君、慰めてぇ」

必死にまくしたてるアルクエーナ様。前に座っているのはレオだから問題ないか。ちなみに酔っ払った師匠級に面倒くさい絡みをしてくるカレンさんは丁重に無視する。酷いよぉと足を掴んでくるのが実に鬱陶しい。

「……うむ。確かに引き分けだからな。その辺りが妥協点だろう。よろしい。それではアルクエーナ王女殿下の席はルクスの前とする。レオニダスは……まぁ好きなところに移動するように！　それでは改めて授業を始める！　観客席にいる者達は速やかに下りてくるように！」

ロイド先生の号令の下、ようやく今日の魔術戦闘科の授業が始まる。地面にはいつくばっていたカレンさんはアンブローズ学園長が首根っこを掴んで回収してくれた。

「ル、ルクス君！　あとで私のこともおおお、お姫様抱っこしてくれませんか？　いえ、むしろ今してください！」

「……どうしてそうなる？」

「ルビィだけは不公平だからに決まっているじゃないですか！　だから私もお願いします！」

ティアが俺の胸をポカポカと叩きながらとんでもないことを主張し始めたことで女子達は黄色い、男子達は呪詛の籠った悲鳴を上げる。西クラスとの合同授業じゃなくて心底よかった。もしこの場にアーマイゼがいたら連戦になっていた。

「フフッ。女の嫉妬は見苦しいですわよ、ティア。そんな風にわがままを言っていたら逆にルクスに嫌われてしまいますわよ？」

「ルビィは黙っていてください！　それにこんなことでルクス君は私のことを嫌いになったりしません！　そうですよね、ルクス君⁉」

「……話を振らないでくれ。あと悪いけどお姫様抱っこはしないからな」

「そんな殺生な……⁉」

この世の終わりと言わんばかりの表情でがっくりと膝をつくティア。俺の平穏な学園生活がガタガタと無残にも崩れ落ちていく音が聞こえた気がした。

ティアとルビディアのやり取りに困り果てているルクスのことをアルクエーナは静かに見つめながらポツリと呟く。

「……隣の席に座れないのは残念ですがルクス・ルーラーの実力を見ることができたのは僥倖ですね」

＊＊＊＊

「ア、アルクエーナ様！　もしよろしければお昼ご飯一緒に食べませんか⁉」

「そもそもどうしてラスベート王立魔術学園に体験入学しようと思ったんですか？　私、気になります！」

午前中の授業が全て終わった教室で、アルクエーナ様の周りには人だかりができていた。

最初こそ雲の上の存在ということもあってどう接するべきかみんな悩んでいたが、気が付けば東クラスのマスコットもしくは妹みたいな存在になっていた。王族相手にそれでいいのか。

「来年から通うことになるかもしれないのでその前に自分の目でどんな場所か、どんなことを学ぶのか見ておきたかったんです。だから職権濫用して体験入学をさせていただきました」

そう言って微笑むアルクエーナ様はまさに絵画に描かれる聖女そのものだ。誰に対しても分け隔てなく接し、わからないことがあれば素直に質問をし、教えてもらったら感謝する。世間が抱いている権力者のイメージとは真逆の応対が一気にクラスに溶け込めた要因だろう。

「ルクス君、そろそろ食堂に移動しましょうか。今日は何を食べますか？」

「そうだなぁ……たまにはチャレンジメニューにするのもありかな？　いつも同じものだと飽きるし」

ティアに促され、俺は一つ伸びをしてから立ち上がる。授業は終わったばかりとはいえ急がないと四人全員が座れる席はなくなってしまう。

「悪いことは言いませんわ、ルクス。チャレンジメニューだけはおやめなさい。あれは人が食していいものではありません。そうだ！　もしよろしければ明日からはヴェニエーラ家の料理人を呼んで昼食を作らせましょう！　ルクスの食べたいもの、何でも用意しますわ！」

「それなら俺は豪華なステーキを注文させてもらおうかな？」

「あなたには言っていませんわよ、レオニダス。あなたはそこら辺の野草でも食べてなさいな」

　ルビィのいつにも増して辛辣なレオへの物言いには同情を禁じ得ないが、さすがに大貴族の料理人を学園の食堂に呼んだら大騒ぎになるからやめた方がいいと思う。

「ルクス君、アホなことを言っているルビィは放っておいて行きましょう」

「……そうだな」

　魔術戦闘科の授業からルビィの言動が色々おかしなことになっているが深くは考えないようにしよう。

「ルクスさん！　そのお昼ご飯、私もご一緒させていただいてもよろしいですか？」

　アルクエーナ様に名前を呼ばれた気がしたが気のせいだろう。昼食は俺達とではなく他のクラスメイト、もしくはカレンさんと食べるだろう。というかただでさえ俺は学園内では悪目立ちしているのでこれ以上目立つようなことはしたくない。

「あの！　聞こえていますか、ルクスさん⁉　耳が遠くなってしまったんですか？　それとも無視しているんですか⁉」

　振り返るな。ティアが何か言いたげな顔をしているがここで反応したらきっと、間違いなく、面倒なことになる。

「うぅ……かくなる上は仕方ありません。ルクスさん、これ以上無視するなら私への不敬罪でカレンさんの弟になることを命じま――」

「お呼びでしょうか、アルクエーナ様！」

職権濫用ここに極まれり。それをやるのがこの国の王女様ともなれば強制力は段違い。拒否することは許されないどころか更なる処罰の対象になりかねない。

「ウフフ。ようやく振り向いてくださいましたね。では食堂に参りましょうか。学園のご飯は美味しいと聞いています。ルクスさんのオススメがあれば教えてください！」

そう笑顔で言いながら自然と腕を絡めてくるアルクエーナ様。その瞬間、本日二度目の歓声と怨念がごちゃ混ぜになった悲鳴が上がり、教室が盛大に揺れた。

「アルクエーナ様、一緒にご飯を食べるのは構いませんがまずは離れていただけますか？」

俺はまだ死にたくないし、親しい友人に殺されたくもないのです。

「もう、妹弟子によそよそしいですよ？　私のことはどうぞ親しみを込めてアルクエーナと呼んでください。なんならカレンさんのようにアルちゃんでもいいですよ？」

「……わかりました。それじゃアルクエーナ、もう一度言います。この状況はよからぬ誤解を生むので離れてくれますか？」

「だが、お断りします！　私はルクスさんのことをたくさん知りたいのです。そのためには肌を重ねるのが一番だとヴァンベールさんが教えてくれました！」

どうやら我が師匠は王女様に魔術や戦技だけじゃなく、よりにもよってとんでもないことを吹き込んでいたようだ。

「ア、アルクエーナ様！　ヴァンベールさんは相手を知るには剣を交えることが一番って言っていたと思うのですが……決して！　間違っても！　肌ではないと思います！」

弟子にこそなれなかったがティアもまたクソッタレな師匠に戦技を教わっていたので、若干動揺して言葉を震わせつつも王女様の言い訳に異議を唱える。

「普通は剣や拳を交えるんじゃなくて話をしたりみんなで出かけたりして親睦を深めるのが普通だけどな」

「否定していますが、実際にティアとルクスは肌を見せあっている仲ですからね。あの時私も一緒に行くべきでしたわ」

レオの至極もっともな正論とルビィの呆れと後悔が交じったツッコミを受けるがアルクエーナは全く意に介さず、むしろ得意気な顔で反論する。

「残念なことに私はティアリスさんと違ってか弱いので、ルクスさんと剣を重ねたくても重ねることはできません。ですからこの短い体験入学の間親睦を深めるためには肌を重ねる他ないのです！」

「いやいや、レオニダス君の話を聞いていましたか？　肌を重ねる以外にも方法はありますよね!?　これから一緒に昼食をとったり、何なら休日にお出かけしたりすればいいんじゃないですか！」

破廉恥です！　とティアも負けじと応戦する。自分のことを棚に上げて何を言っているんだと言いたくはなるが、あれはルビィとレオが共謀して起きた事故なので口を噤んでおこう。

「え、それはつまり週末にルクスさんとお出かけしてもいいということですか？　ルクスさん、エスコートよろしくお願いします！」

「どうしてそうなるんですかぁ!?」

魔力の制御ができなくなって魔術を乱発する魔術師のように、アルクエーナの暴走は収まる気配がない。これにはさすがのティアも我慢の限界が来ているのか頬をピクピクと引き攣らせている。

「そういうことなら今度の休みにみんなで遊びに行くのはどうだ？　この前は色々あって結局バタバタしちまったし、王女様の歓迎会ってことでのんびりしようぜ」

「レオニダス、最近のあなたは冴えていますわね。特別に褒めてさしあげますわ」

「そいつはどうも。お褒めにあずかり光栄です、お嬢様」

ぶっきらぼうに答えるレオ。だがルビィの眼中にはすでに彼の姿はなく、思考は何をして遊ぶかに移行していた。

「この間は闘技場で王冠リーグの試合を観てから王都を散策したので今回はどうしましょうか。ルクス、希望はありますか？」

「出かけることは決定なのか……って言われても買い物もこの間ティアとしたし、やりたいことはあんまり――」

「はい！　それならラスベート王城の見学なんていうのはいかがでしょう？　私が隅々までご案内させていただきます！」

ない、と俺が言い切る前にアルクエーナが挙手をしながら提案してきた。実に興味をそそられるものだったが、いくら王女様の案内があるとはいえおいそれと入っていい場所ではないだろう。

「アルクエーナ様、さすがにそれはまずいのではないでしょうか？」

「ティアの言う通りですわ、アルクエーナ様。私達のような学生がおいそれと足を踏み入れていいような場所ではありませんわ」

名門貴族のご令嬢のティアとルビィも困惑している。レオに至っては聞こえていないフリをしている。

「フフッ、心配には及びませんよ。確かに多少ギスギス？　ピリピリ？　した空気はあると思いますが皆様ならお父様――陛下もお許しになるはずです。お母様に至っては喜び勇んでお茶会を開いちゃうかもしれません」

百歩譲って後半のお茶会の話はいいとしても、前半の〝ギスギス、ピリピリした空気〟というのは看過できない。そんな場所に招かれても嬉しくも何ともない。

「魔導新人祭に向けて王城にいる王室親衛隊の方々と鍛錬できるようにセッティングしますよ。まぁこの話はこの後放課後に、もう少し静かな場所でしましょうか。それよりも早く食堂に移動しましょう！　お昼休みが終わっちゃいます！」

ご飯抜きで午後の授業は迎えたくありませんから、と言ってアルクエーナは俺の手を引いて歩き出す。

「ちょ、アルクエーナ様！　いい加減ルクス君から離れてください！」

「ウフフッ。甘いですわよ、ティア。この世界は弱肉強食。何事も早い者勝ちです。文句ばかり言っていないで攻めないと取り返しのつかないことになりますわよ？」

こんな風にね、と不敵な笑みを浮かべながら俺の空いている方の腕にルビィが抱き着いてきた。その瞬間伝わってきた、ほんのり温かくむにゅっとして心地いい柔らかな感触に脳が痺れる。それはアルクエーナにはなく、ティアとも違う、極上と形容するに相応しいものだった。

「……ルクス君、何をにやけているんですか？」

「ルクスさんはむっつりさんなんですか？」

いがみ合っていたのにこういう時だけ息を合わせるのはやめてほしい。

「まぁまぁお二人さん。ルクスをそんなに責めてやるなって。男なら誰しもがこういう反応をするってもんさ！」

「レオ、それだとフォローになってないからな？」

むしろそれだと火属性魔術に風属性魔術をぶつけて炎上させるのと同じだ。そもそも俺は別ににやけてなんかいないしむっつりでもない。

「そ、それならルクス君……私とルビィ、どっちの感触がいいか答えてください！」

「……はい？」

突然何を言い出すんだこのお嬢様は。レオは口元を押さえて必死に堪えているが、ルビィは我慢できずに吹き出している。そしてアルクエーナは何故か自分の胸元をじっと見つめている。

「さぁ、ルクス君。答えてください。私とルビィ、どっちの感触が好みですか⁉」

「落ち着け、ティア。自分が口走っていることの意味を理解しているのか？　していないよな⁉」

「私は至って冷静です！　どうして疑うんですかぁ⁉　それともあれですか、私よりルビィの方がいいって言うんですか⁉」

きぃと悲鳴に近い声で言いながらダンダンと盛大に地団駄を踏むティア。これまで積み上げてきたティアリス・ユレイナスという人物像が盛大な音を立てて崩れ去っていることに彼女は気付いているだろうか。

「私もいつかルビディアさんのように……お母様も大きいからなれるはず！」

ギュッと拳を作りながら呟かれたアルクエーナの切なる願いは聞かなかったことにしよう。

「ほら、お馬鹿なティアは放っておいて行きますわよ！　モタモタしていたら座席どころか食べるものすらなくなってしまいますわ！」

「ううっ……ルクス君のバカ、エッチ、むっつりスケベ！」

結局ティアのこの暴走は食堂に行くまで続き、昼食をとりながら徐々に落ち着きを取り戻したのはいいものの、自らの発言を後悔して午後の授業は一度も目を合わせてくれなかった。

幕間(まくあい)　密会

魔導新人祭が間近に迫り、王都は例年になく活気づいていた。そんな騒がしくも心地の好(よ)い空気とは対照的な人気の少ない路地裏を歩く一人の人物がいた。その人物は黒い外套(がいとう)では隠し切れない豊潤な果実と色香を漂わせる、〝絶世〟と冠するに相応しい美女。

彼女の名はエマクローフ・ウルグストン。ルクス達が通うラスベート王立魔術学園で教鞭(きょうべん)をとり、先日王都を絶望の渦の中に叩(たた)き込んだ張本人である。

「ハァ……もう少しまともな待ち合わせ場所はないのかしら」

肩をすくめながら、本人が聞いたら激怒して殺し合いに発展しかねない文句を口にするエマクローフ。

もちろん彼女とてそれが叶(かな)わぬ願いであることくらい理解しているが、それでも気兼ねなく羽を伸ばして優雅に過ごす日があってもいいとも思っている。

そんな無益なことを考えながらエマクローフがたどり着いたのは寂れた喫茶店。王都の中心からもかなり離れているので密談するには最適と言える。

錆びついた扉を開けて中に入ると案の定人気はなく、カウンターには店長と思しき初老の男性がいるだけ。約束相手を捜していると男の視線が奥に向けられる。どうやらすでに到着しているようだ。

「――さすがは王室勤務。オシャレな場所をご存じなのですね」

待ち合わせの相手は教団の外部協力者。その中でもとびきりの大物でエマクローフとしてもまさか提案に乗ってくるとは思わなかった。

「会って早々随分な物言いだな、売国奴。よほどその首、落とされたいと見える」

読んでいた新聞を畳みながら殺気立った声で尋ねてくる協力者。何かいいことでもあったのかしらと心の中で呟きつつ軽口を返す。

「あら、失礼ね。今のは嫌味じゃなくて褒めたのよ？　私の同僚はいつもかび臭い地下室でしか会おうとしてくれないから。あと、私が売国奴ならあなたは謀反者になるけどいいかしら？」

「……私はお前と雑談をしに来たわけではない。さっさと話を進めろ」

冗談が通じない人の相手をするのは面倒ね、と心の中で呟きながらエマクローフは席に座る。

「せっかちなのね。私としてはゆっくりお茶でも飲みながら話したかったのだけれど……

まぁいいわ。これが例の品よ。確認してもらえるかしら？」

肩をすくめて言いながらエマクローフは懐から小さな木箱を取り出してテーブルの上に置く。その中に赤より紅い不気味な液体の詰まった注射器が入っていた。

「なるほど。最近王都近郊で発生した暴動に【アルシエルナイツ】が出動したのはこれを使ったからか。文字通り、お前達の切り札というわけか」

そう言いながら指差したのは先ほどまで読んでいた新聞の一面記事。そこには終焉教団と思しき者が起こしたテロの詳細が書かれていた。

「いいえ、これは少しでも強くなりたい、英雄になりたい魔術師の願いを叶える魔法の薬よ。切り札なんて大層な代物じゃないわ」

エマクローフは否定するが、その実これは切り札と言っても差し支えのないものである。なにせこの液体を体内に取り込めば王国最強の戦力【アルシエルナイツ】と同等の力を得られるのだから。

「そんなものがあるならどうしてあの時使わなかった？　そうすればこんなところでコソコソ密談することもなかったはずでは？」

「最近ようやく実用の目途がたったからよ。それまでは注射した途端にみな暴れ苦しんだ挙句死んでしまったのよ。そんな危ないもの、大事な作戦で使えないでしょう？」

「…………外道が」

まるでゴミを見るような目で吐き捨てるように協力者に言われるが、エマクローフは表情を崩すことなく話を続ける。

「同志となった記念ということでこれはあなたにプレゼントするわ。とはいえあなたほどの実力者なら使わずに済むと思うけど」

「…………」

一瞬の躊躇の後、協力者は木箱を受け取り懐にしまう。この人物は恐らくこの国で誰よりも英雄になりたいと思っている。十六年前の大災害で英雄になりそこなったあの日からずっと。

「話を進めよう。計画の決行は魔導新人祭でいいんだな?」

「ええ、計画に変更はないわ。今度こそ龍の器を殺し、星を再編して私達の手に取り戻しましょう」

「一つ言っておくぞ、外道。私はお前達の理想に興味はない。ただ私はあの方をお救いしたいだけだ。勘違いするな」

そう言って殺意の籠った瞳を向けてくる協力者。だがことここに至ってこの人物は決定的な勘違いをしているらしい。それが滑稽というか憐れというか。エマクローフは笑わずにはいられなかった。

「フフッ。わかっているわよ。あなたはあなたのため、私達は私達の理想のために目的を果たすだけ。ただ、一つだけ言わせてもらえるかしら？」

「……なんだ？」

「確かに私達は外道よ。でもね、その外道に情報を流している時点であなたも外道であることを忘れずに」

第3話　王城探検ツアー　入城編

「ハァ……最悪ですわ。憂鬱ですわ。現実逃避したいですわ」

雲一つない晴天だというのにルビィのテンションはどんより曇り模様。普段の明るく元気な姿は完全に鳴りを潜めており、まるで別人のように表情にも覇気がない。その原因は昨日決まった魔導新人祭のチームにある。

「もう、いつまでも落ち込んでいても結果は変わりませんよ？　というかそんなに嫌なら私と代わってくれてもいいんですよ？」

「それとこれとは話が別ですわ。せっかくルクスと同じチームになれたのです。それをみすみす手放すような真似（まね）はしませんわ」

ティアの提案をパッと顔を上げてスパッと却下するルビィ。そのあまりに現金な豹変（ひょうへん）ぶりにティアの頬も一気に膨れ上がる。

二人の喧嘩（けんか）の原因は昨日行われた魔導新人祭のルール及び代表者の決定とチーム分けにある。その時の様子を俺はふと思い出した。

『ついにこの時がやって来た！　今年の魔導新人祭の代表者を決めていくよ！』

無駄にテンションの高いアンブローズ学園長の指揮の下、【オラクルの水晶玉】によって魔導新人祭に出場する生徒が発表されていく。各クラスから三人から四人ほど選出され、東クラスからはティアやルビィだけでなく俺とレオの名前もあった。

『そして今年の競技は――フラッグ争奪戦だ！　それじゃこのままチーム分けに移っていくぜ！』

特に不満の声が上がることはなく流れるように競技が決まり、そのままチーム分けへと進んでいき、こちらも滞りなく決められていったのだが最後に事件が起きた。

『ありえませんわ！　こんなの私は認めませんわよ！』

ルビィが怒りの声を上げた。その理由は――

「――よりにもよっていけ好かないヴィオラ・メルクリオと一緒だなんて……最悪の一言に尽きますわ。もしルクスがいなかったら出場を辞退しているレベルです！」

「はいはい。その話は何度も聞きましたから！　これ以上嘆くのは禁止です！　それともあれですか？　ルクス君と同じチームになりたくてもなれなかった私に喧嘩を売っているんですか？」

「そんなつもりは毛ほどもありませんわよ。ただ私はせっかくルクスと同じチームになれたのに邪魔者がいるのが気に食わないだけです！　むしろ私としてもヴィオラとティアの入れ替えを再度要求したいくらいですわ」

そう言いながらギリギリと歯ぎしりをするルビィ。この言葉通り、彼女は一度チームメンバーの変更をアンブローズ学園長に抽選会が終わった直後に要請しているのだがその場で却下されている。そんなに嫌なのか、ヴィオラさんが同じチームにいるのが。

「決まったことに文句を言っても仕方ありません。ルクス君と離れ離れになってしまったのは非常に残念ですが、妹弟子の実力を兄弟子に見せるいい機会だと思って頑張ることにします！」

そうは言うがそもそもティアは師匠から弟子と認められていないので妹弟子ではない。だがそれを口にしたら〝アルクエーナ様はどうなんですか⁉〟と言いかねないので触れないでおこう。

「……なんにせよ、ティアとまた戦えるのは俺としても嬉しいかな。まぁ簡単に負けるつもりはないけど」

「おい、ルクス。その自信、僕がへし折ってやるから覚悟しておけよ！　魔導新人祭でキミに敗北の二文字を教えてやる！」

　アーマイゼからの心地のいい宣戦布告に思わず俺の口元が緩む。エアデール家の秘術を目にすることができるかはわからないが、あの決闘が彼の本気でないのなら戦うのが楽しみだ。

「おいおい。ティアリスさんとルクスが仲睦まじく話しているのが羨ましいからっていきなり話に割って入るなよ、アーマイゼ。好感度下がるぞ？」

「う、うるさい！　僕は別にそんなつもりで話に割って入ったわけじゃない！　むしろレオのせいでティアリスさんに誤解されるだろうが！」

　意地の悪い笑みを浮かべるレオに指摘されたアーマイゼはわずかに顔を赤らめながら背中に蹴りを入れる。

　ちなみにクラスの違う彼をこの歓迎会に誘ったのは他でもないレオだ。魔導新人祭で同じチームになったということで親睦を深めたかったのがその理由だが、単純に道連れが欲しかった可能性もある。

「フフッ。大丈夫ですよ、アーマイゼ君。私も同じことを考えていましたから。一緒に頑張りましょうね」

「は、はいっ‼　全身全霊をかけて頑張ります！　レオ、足を引っ張るなよ‼」

「へいへい。二人の邪魔にならないように頑張りますよ。まぁ俺の場合はルクスよりルビディアの担当になるんだろうけどな」

ティアに微笑みを向けられてビシッと背筋を伸ばして応えるアーマイゼとは対照的に、やれやれと肩をすくめるレオ。

「そういうわけなのでルクス君。覚悟しておいてくださいね？　当日までにルビィのポンコツが直ることを祈っています」

「ハハハ……まぁ何とかなるだろう。多分、きっと、おそらく……」

「ハァ……憂鬱ですわ。上手くやれるか不安ですわ……」

立ち直るどころか益々肩を落とすルビィを見てダメかもしれないと心の中で自分の言葉を訂正していると、ようやく待ち合わせの場所が見えてきた。

そびえ立つ巨大な城はまさに荘厳。そう形容する以外にないラスベート王国の象徴。およそ百年前に建築されたものとは思えない傷一つない堅牢な石造りの城壁。この世の全ての災厄が降りかかろうとも撥ね除ける、この国に住む人々の最後の希望。

「間近で見るとすごいな……」

邪悪を寄せつけない神聖な空気に自然と心が震えると同時に、ほんのわずかに吐き気にも似た嫌悪感を覚える。

「一説によるとこの城の建築にはアンブローズ学園長が関わっていて、城の内外には様々な術式が組み込まれているそうです」

「……さすが、世界唯一の魔法使いだな」

普段の不真面目極まりない姿からは想像もできないが、巷（ちまた）ではあの人は龍傑の英雄――これもいまだに信じられないが――を含む歴史に名を残すような優秀な魔術師を鍛えた世界最高の教師にして魔法使いなのだ。

「そもそも魔法使いっておとぎ話でしか聞かない存在だよな？　学園長がすごいのはわかるけどさすがに眉唾だろう？」

レオの疑問は尤（もっと）もだ。アーマイゼやルビィも同様の感想を抱いていることが表情から見て取れる。

そもそも魔法とは神話の時代に存在していた神様にだけ使えた奇跡の力のことを言う。この力に制約はなく、それこそ死んだ者にさえ再び命を吹き込むことができたとも言われている。その強大かつ理不尽であるが故に人の身では決して扱うことができない禁忌の力でもあった。

だがそんな魔法も【黄昏の終焉大戦（ティタノマキア）】の終結とともに神様が地上を離れたことで完全に失われてしまい、今となってはそれがどんなものだったのかその目で見た者は一人もいない。

「私も最近までそう思っていましたけど、実際にこの目と身体で転移魔術を体感したら否定できなくなりました。あの人は本物です」

「同感だな。これは前に師匠から聞いた話なんだけど――」

我が敬愛するクソッタレな師匠は自分の実力に絶対の自信を持っている人だった。だがそれは驕りでもなければ誇張でもなく実際にそう誇れるだけの力を持っていた。おかげで俺は数えきれないくらい死ぬような思いをした。

そんな傲岸不遜を絵に描いたような師匠に俺は一度だけ〝自分より強い人はいるのか〟と聞いたことがあった。もちろん泥酔状態の時にだが。

――俺より強い奴？　そんなのはいねぇよ、って言いたいところだけどもちろんいるさ。全部で三人だけどな。一人は俺の師匠。あの人は理不尽の権化だな。今でも勝てる気がしねぇ。もう一人は俺の妹……つまりお前の母さんだな。魔術や戦技の才能が特別あったわけじゃないが、誰よりも心が強かった。そして最後の一人は誰よりも諦めの悪い頑固者で年甲斐もなく英雄に憧れる馬鹿な奴。だけどいつまでも理想を追い求める姿は俺には眩しすぎた――

「ヴァンベール・ルーラーにそこまで言わせるなんて……やはり普段のちゃらんぽらんな姿は仮初ってことか」

「まぁそうでなければ学園創設から今まで学園長をしていませんわね」

「僕としてはあの人が魔法使いより妖精種と混血っていう話の方が気になるけどね」

確かに、ラスベート王城の建設に関わっているというならアンブローズ学園長の年齢は優に百歳を超えていることになるのだが、あの美貌は今がまさに全盛期と言うに値する輝きを放っている。そうなるとすでに絶滅して久しいと言われる妖精種との間に生まれたという話も信ぴょう性が出てくる。

「存在そのものが不可思議なアンブローズ学園長のことは一旦置いておくとして。そろそろ約束の時間になりますがアルクエーナ様は見当たりませんね」

今日の時間と待ち合わせ場所を指定したのは歓迎会の主賓であるアルクエーナ本人なのだが、まさか遅れてやってくるようなことはないよな。ただでさえ王城の前で制服を着た五人が待機しているだけで悪目立ちしているから早く来てほしい。

「それにしてもアルクエーナ様の馴染み(なじ)ようは凄い(すご)よな。体験入学だってことを忘れそうになるぜ」

「本当のクラスメイトのようですわよね。このまま正規に入学になっても違和感ありませんわ」

レオとルビィが言うようにアルクエーナが学園にやって来て一週間が経ったが、彼女はすでに東クラスの一員として溶け込んでいた。

最初は王女という立場上みな恐れ多くて声をかけられずにいたが、逆にアルクエーナから積極的に話しかけたりすることで気が付けばクラスの中心的存在となっている。

「ダ、ダメです！　いくら王族だからといって特別扱いするのはラスベート王立魔術学園の理念に反します！　ルクス君もそう思いますよね!?」

「そんなことを言ったら俺も特別待遇で入学させてもらったようなものだけどな」

「ルクス君はいいんです！　だって学園長と決闘して勝ちに近い引き分けに持ち込んだ時点で特待枠に選ばれるのは当然のことです！」

それもたったの一分間の戦いだった上に学園長が相当手加減してくれた結果だ。今の俺では全力で挑んだところであの人の足元にも及ばないだろう。そもそも師匠ですら勝てないのに俺が勝てるはずがない。

「――皆様ぁ！　お待たせいたしましたぁ！」

門の中から聞き慣れた声がしたので振り返ると、ひらひらと優雅に手を振りながらアル

息を零す。

クエーナが駆け足でこちらに向かってきていた。主賓の登場に俺達はようやく安堵のため

「申し訳ございません。少々準備と説得に手間取ってしまいまして……」

額にほんのり汗をにじませながら苦笑いを浮かべるアルクエーナ。準備に手間取ったと
の言葉通り、今日の彼女は学園にいる時とはまるで別人のようだった。

服装は制服ではなく一国の王女様に相応しいドレス。派手な装飾こそないが最高級の生
地で仕立てられていることが一目でわかる。鎖骨から胸元が露わになっているデザインは
清楚さと可憐さの中に年齢不相応の艶美さがあった。またその首元には宝石で王冠を模し
たネックレスが下げられており、あらゆる災厄から彼女を守る不思議な情愛が感じられた。

「アルクエーナ様、あまり聞きたくはないのですが説得というのはどういうことでしょう
か？　まさかその相手が陛下とは言いませんよね？」

「安心してください、ティアリスさん。父……陛下はむしろ喜んで許可を出してくれまし
た。ただ厄介なのは――――」

「――誰が頑固で厄介者だというのですか、アルクエーナ様？」

アルクエーナが最後まで言うより早く背後から声が被せられた。アルクエーナが恐る恐
る振り返るとそこに立っていたのは呆れた表情を浮かべた一人の女傑。

彫りの深い整った顔立ちには美しさと同時に力強さがあり、しなやかさと剛健さを兼ね備えた肉体は魔術師というよりも戦士といった方が正しいだろう。腰に差している剣がそれをさらに強調している。

純白の外套の胸元には国旗が彫られた真紅の徽章がキラリと輝いており、それを見たティアが驚きに目を丸くしている。もしかしてこの人は有名人なのだろうか。

「グ、グラディアさん⁉　いつからそこに……というより私はそこまでは言っていませんよ⁉」

「私の小言から逃げるようにして部屋を後にしましたよね？　まったく、陛下といい危機感がなさすぎます。この城の警備を預かる私の身にもなってください」

まるでロイド先生のように深いため息を吐くグラディアさん。きっとこの人もアルクエーナのわがままに振り回されているんだろうな。ただバツが悪そうにしているところを見るにアルクエーナも小言の内容自体に異論はなく、むしろ正しいと理解はしていそうだ。

「申し遅れました。私はグラディア・バイセ。王室親衛隊の隊長をしております。以後お見知りおきを」

そう言って綺麗に一礼するグラディアさんに俺達も思わず背筋を伸ばして会釈を返した。

王室親衛隊はその名の通り王家の護衛を主な任務としている特殊部隊である。この部隊に選ばれるためには単純な実力はもちろん必要だがそれに加えて家柄も重要視されるので、ある意味【アルシエルナイツ】以上に入隊するのが困難である。王城が主な勤務先となるので当然と言えば当然だ。

「グラディアさんは私が小さい頃から護衛をしてくれているんです。ちょっと口うるさいというか生真面目で心配性なところが玉に瑕ですがとてもいい人です」

「誰が生真面目で心配性ですか。そもそも先日あのようなことが起きたばかりなのに外部の人間を王城に招くなど、警備の責任者として到底許可できません」

「あのようなことというのはなんですの？　まさか王城で事件が起きたとか言いませんよね？」

グラディアさんの言葉に反応したルビィが真正面から切り込む。〝もう少し言い方があるでしょう〟とティアはため息とともに呟くが、そのような繊細な気配りができれば彼女は脳筋などと呼ばれてはいない。

「あなたはヴェニエーラ家の……なら隠しても無駄ですね。実は先日、ハウンドウルフ・キングロードが召喚されたのと時を同じくして王城は終焉教団による襲撃を受けたのです」

その話を聞いて俺達は揃って言葉を失った。あの未曽有の大騒動の裏でそのような事件が起きていたとは知らなかった。ティアを攫って師匠から貰った星剣を狙うだけに飽き足らず王城を襲撃するなんて、あの人達は一体何がしたいんだ。

「なので現在王城の中は厳戒態勢が敷かれています。そんな状況で学友を連れてくるのは危険だということがどうしてわかっていただけないのですか？」

呆れの中に含まれた憤り。王室親衛隊の隊長としてでもあるだろうが、それ以上に手のかかる大事な愛しの我が子を思うが故の忠言な気がする。だが親の心子知らずとはよく言ったもので、グラディアさんの思いはアルクエーナに届くことはなく、

「あら、王室親衛隊は私達を守ることができないと？　そんな弱気で警護にあたっているのですか？」

「いえ、そんなことは決して……」

「なら大丈夫ですね！　グラディアさんなら私達のことを守ってくれると信じています。それに万が一の時はルクスさんがいますから安心してください」

「ルクス？　すると彼がヴァンベール・ルーラーの息子で唯一の弟子の？　アルクエーナ様が熱を上げている男子生徒ですか？」

「ちょ、私は別に熱を上げてなんていませんよ!?」

顔を真っ赤にしてグラディアさんの胸をポカポカと叩くアルクエーナ。だがそんな可愛い抵抗など気にも留めず、王室親衛隊隊長はジッと俺を見つめてくる。

「……あの男に子供がいたとは信じられなかったがなるほど……しっかりあの男の面影がある」

「あの人は育ての親であって本当の親ではありませんけどね」

「どちらでも似たようなものさ。それにしても……まさか【アルシエルナイツ】を突然辞めて隠居したと思ったら子育てが理由だったとは。本当にふざけた男だ」

そう言ってギリッと血が滲むほど強く唇を噛むグラディアさん。もしかしてクソッタレな師匠はこの人によからぬことでもしたのだろうか。

「グラディアさんはヴァンベールさんと同じ時期に王国魔術師軍に入隊したんです。だから色々と思うところがあるんですよね？」

「別に思うところなんてありません。決闘で勝ち逃げしたこととか、そもそも一度も本気で戦ってくれなかったことはこれっぽちも恨んでなどいません」

「めちゃくちゃ思っているじゃないですか……」

フンッと鼻を鳴らしてそっぽを向くグラディアさんに思わずツッコミを入れてしまった。

「ウフフッ。グラディアさんの貴重な拗ね顔が見られたところでそろそろ移動しましょうか。王城の中を案内いたします！」

「私は拗ねてなどいません！　変なことを言わないでください！　あと私が先導するので勝手に一人で行かないでください！」

テクテクと歩き出すアルクエーナの後を慌てて追いかけるグラディアさん。まるで本当の親子のようなやり取りにほっこりしつつ、コロコロと変わる話題に俺達はすでに疲労を感じていた。

「皆様、何をぼぉーっとしているんですか⁉　早くしないと置いていっちゃいますよぉ⁉」

自由奔放すぎる王女様に促され、俺達は顔を見合わせながら苦笑いを零してから王城の中へと足を踏み入れた。

＊＊＊＊

「こう言ったらあれだけど、王城の中って思っていたより普通なんだな」

城の中を歩きながらレオがどこか拍子抜けした様子で呟いた。そのあまりにも直球な感想にアルクエーナとグラディアさんは苦笑いを零す。

「まさかと思いますがレオニダス、王城は煌びやかで派手派手しい場所だと想像していたわけじゃありませんわよね？」

「えっ、違うのか？　むしろ王城ってそういう場所じゃないのか？」

お前達もそう思うだろうと言わんばかりに俺とアーマイゼに視線を向けるレオ。人里離れた場所で生活していた俺は王様達がどんな暮らしをしているかなんて考えたことすらないので答えに困る。とはいえレオの言いたいこともわからないでもない。王様達が暮らしているのだから絢爛豪華な場所だと思っていた。だがアーマイゼは違うようで、

「ルクスはともかくレオニダス、キミは仮にもこの国の貴族の子息だろう？　それならラスベート王家が謙虚堅実、質実剛健を旨としていることくらい知っておくべきだと思うけど？」

「いやいや、さすがにそれくらいは俺でも知っているさ。でも王城だぜ？　王家が住んでいる場所だぜ？　夢というかロマンが足りないと思わないのか野郎ども⁉」

「いや、特には」

「ロマンで国を動かせたら為政者たちは苦労しないんだよ、レオニダス」

「どぉしてだよぉおおお――‼」

俺とアーマイゼの素っ気ない反応にレオが叫びながら地団駄を踏む。その残念すぎる反

応に女性陣は苦笑いを浮かべ、ルビィに至っては軽蔑の眼差しすら向けている。

「そんなことよりルクス。キミは気付いているか？」

「……王城内の空気がどこか殺気立っていることか？」

周囲を気にしながら小声で話しかけてくるアーマイゼに合わせて俺も小声で答える。城の中に入った時から肌を刺すような異様な殺気が漂っていることには気付いていた。その理由はわからないが、少なくとも俺達は招かれざる客であり敵か味方か探られているのは間違いない。

「しかもこの感じ……昨日今日始まったことじゃないと思う。ルクスはどう思う？」

「グラディアさんが言っていただろう？　王城内で教団の襲撃を受けたって。そんな物騒な事件が起きたなら殺気立つのも無理ないんじゃないか？」

俺達の知らないところで終焉教団が起こした大事件。彼らの動きを警戒して王城内がピリピリしていると考えるのが自然だが、魔術学園の生徒かつアルクエーナの友人として招待されている俺達に対しても同様の視線を向けるのは神経質になりすぎだ。

「それならどうしてアルクエーナ様は僕達を王城に招いたんだと思う？　もしかして僕達を試しているとか？」

「さぁな。それこそアルクエーナに何かしら考えがあってのこととしか言えないな。まぁ何も考えていない可能性もなきにしも非ずだけど」

そんな答えの出ないやり取りをアーマイゼとこそこそしているとふと視線を感じた。その主は他でもないアルクエーナであり、その口元には魅惑の笑みが浮かび、瞳も妖しく光っている。

「やっぱり魔術学園に通う皆様には王城探検は退屈でしたよね。ならそろそろとっておきの場所に案内いたしましょう！　グラディアさん、お願いします！」

「承知しました。それではこちらへ」

アルクエーナから先導役を引き継いだグラディアさんに導かれ、俺達は王城内にある中庭のような場所にたどり着いた。そこでは四人の魔術師達が鍛錬を行っていた。

「お約束した通り、私の権力を行使して王室親衛隊の方々と鍛錬できる場を用意しました！　魔導新人祭に向けて、思う存分己を鍛えてください！」

「そんな……無理だろうと思っていましたのにまさか実現するとは。アルクエーナ様、感謝いたしますわ」

「アルクエーナ様、貴重な場を設けていただきありがとうございます」

ルビィ、ティアが揃って感謝の言葉を口にする。

「フフッ。これで少しは私のことを見直してくれましたか、ルクスさん？」

「見直すも何も、こんなことアルクエーナにしかできないからすごいと思っているけど？」

「それは何よりです。こう見えて私だって色々考えているんですからね？　ただそれを口にする機会が中々ないだけなんですからね！」

頬を膨らませて主張しながら俺の肩をポカポカと叩いてくるアルクエーナ。どうやら先ほどの発言はばっちり聞かれていたようだ。

「ちなみにルクスさんは特別にグラディアさんがみっちり稽古をつけてくれるそうなので頑張ってくださいね！」

「ちょっと待ってくれ、アルクエーナ。グラディアさんって王室親衛隊の隊長だよな？　そんな人がつけてくれる稽古っていうのは……」

「安心してください。姫様からの要請によりあなたには死なない程度の特別メニューを組んであります。決して私怨とかではありませんので」

至極真面目な顔でグラディアさんは言うが、今日が初対面なのに私怨とはいったい何のことだろうか。しかしその疑問を口にする前にグラディアさんは外套を脱いでストレッチを始めてしまう。

「さて、時間が惜しいので早速鍛錬を始めましょうか。まずは百本組手からです。あなたも準備してください」

「……冗談ですよね？」

震える声で聞き返すも無言の圧を感じ、俺は心の中で〝勘弁してくれ〟と叫びながら仕方なく準備を始める。その間にグラディアさんの指示のもと、ティア達も自分のパートナーとなる隊員とあいさつを交わしている。

「それでは皆さん、どうぞ有意義な時間をお過ごしください。私はお茶の準備をしながら待っていますね」

そう言ってアルクエーナは笑顔で手を振って俺達の下から去っていった。その様子に親衛隊の皆さんの表情がふにゃりと緩む。なるほど、彼らにとってアルクエーナは護衛対象であると同時にアイドルのような存在のようだ。

「さて、そろそろ始めましょうか。ルクス君、最初から手加減なしの全力で行くので覚悟するように」

「俺、あなたに何かしましたか⁉」

だが抗議も虚しく、この後俺は徹底的にグラディアさんにしごかれることとなる。理不尽にも程がある。

＊＊＊＊

　王室親衛隊の方達との鍛錬を終えた頃にはすっかり日が沈んでいた。グラディアさんの特別メニューは師匠の地獄の鍛錬ほどではなかったが、久しぶりに身体（からだ）が疲労を訴えるくらいにはキツイものだった。

「皆様、鍛錬お疲れ様でした。本来ならもっと王城の中を色々紹介できればよかったのですが、グラディアさんに意地悪されて計画倒れになってしまいました」

「その埋め合わせとして鍛錬の時間を設けたではありませんか。それと昨日も申し上げましたがこれでも最大限譲歩したことを忘れないでいただきたい」

　そして現在、俺達はアルクエーナの私室に通されて紅茶を飲んでいた。さも当然のように通されたが女性の部屋に入った経験がない俺達男子陣は気が気ではなかった。平然と優雅にくつろいでいるティアとルビィが羨ましい。

「落ち込まないでください、アルクエーナ様。十分楽しかったですよ」

「ティアの言う通りですわ。王城の中を見て回ることができただけでも十分すぎるほどの体験ですわ」

どんよりと肩を落としているアルクエーナを必死に慰めるティアとルビィ。手のかかる妹をあやしているようで微笑(ほほえ)ましい光景だが、あいにくと俺達にこれを見て笑える余裕はない。

「ヤ、ヤバイ……ここにいるだけで頭がどうにかなっちまいそうだぜ。まさか生まれて初めて入る女の子の部屋が王女様の部屋になるなんて……」

「こ、今回ばかりはレオニダスに全面的に同意するよ。僕も女性の部屋に入るのは初めてだから緊張して口から心臓が飛び出そうだよ」

ブルブルとカップを震わせながら紅茶を口にするがきっと味はわかっていないだろうな。俺もわけがわからないままティアに自宅まで連行されてお茶を出された時は困惑したものだ。

「……ルクスは全く動揺していないんだな。もしかして女の子の部屋は初めてじゃないのか？　慣れっこさんなのか？」

「まままま、まさかティアリスさんの部屋に入ったことがあるとか言わないよな⁉　言わないよなぁっ⁉」

掴(つか)みかかる勢いでガバッと顔を近づけてくるアーマイゼ。レオも口元に嫌な笑みを浮かべながら身体を寄せてくる。暑苦しいから勘弁してくれ。

「落ち着け、アーマイゼ。ティアの部屋には入ったことないから安心しろ。俺だって二人と同じで女の子の部屋に入るのは初めてだよ」

「まぁ部屋には入っていないけど一緒に風呂には入ったけどな？」

「――ゴフッ⁉」

レオの不用意な発言にティアが珍しく動揺してむせ返る。アルクエーナはあらあらと口元に手を当てて、グラディアさんは不純だなと言わんばかりの目を向ける。事情を知っているルビィは優雅に紅茶を飲み続けている。

「………レオ、今なんて言った？」

アーマイゼの声音が急激に下がる。エアデール家の跡継ぎは額にはビキビキと青筋を立てながらゆっくりと俺の肩に手を置いて底冷えする声で、

「なぁ、ルクス。僕はキミのことをよき友人でありライバルであり、そして命の恩人だと思っている。だから正直に答えてくれ。本当にティアリスさんとここ、混浴したのか⁉」

どうなんだ⁉　と叫ぶアーマイゼ。事故とはいえティアと一緒に湯船に浸かったのは間違いのない事実だが、ここで素直に認めたら暴れ出すのは目に見えている。さて、どう答えるべきか。

「事実ですわよ、アーマイゼ。ティアとルクスは湯浴みを共にしましたわ。今にして思えば敵に塩を送りすぎたと後悔しています」

「ちょ、ルビィ⁉　何を言っているんですか⁉」

「あらあら……これまで数多くの婚約の申し出を一刀両断してきたと有名なティアリスさんがお付き合いを始める前に男性と肌を重ねるなんて……意外と積極的なんですね？　それとも痴女さんだった？」

「だ、誰が痴女ですか⁉　そもそもルクス君と一緒にお風呂に入ったのはルビィに嵌められたからであって決して望んだわけではありません！」

疑惑の瞳を向けるアルクエーナに、湯気が出そうなほど顔を真っ赤にしたティアが地団駄を踏みながら全力で否定する。

「ティアの言う通りだ。あれはルビィとレオが仕掛けた罠であってティアと入りたくて入ったわけじゃない」

「何を言っているんだ、ルクス？　仮にレオニダスやルビディアさんによって仕組まれたものだったとしてもキミがティアリスさんと一緒の湯船に浸かった事実に変わりはない！」

「むしろ罠だったって気付いていたのにそのまま一緒にお風呂に入り続けたことの方が問

題ではないでしょうか？」

「アルクエーナ様のおっしゃる通りですね。ルクス、健全な男子ならばうら若き乙女と湯浴みを共にしたいと思うのは当然のことだろう。だが学生であるならもう少し節度ある行動を心掛けた方がいいぞ」

俺の言い訳は三者三様の言い方で両断されてしまった。だが悲しいかな、アーマイゼとアルクエーナの言葉を否定できる材料が俺とティアにはない。しかも最後のグラディアさんは一定の理解を示しつつも最後は苦言のおまけつき。俺達は俯き口を閉ざすしかなかった。

「そもそも疑問なのですが、どうしてルクスさんとティアリスさんをお風呂で鉢合わせさせようとしたのですか？」

「そんなの決まっているではないですか。親睦を深めるには裸の付き合いが一番だからですわ。まぁあの時はティアがどうしてもと言って泣きついてきたのでレオニダスに協力してもらったのですわ」

「いやぁ……あの時は暖簾を逆にしたり人払いをしたり、二人きりにするために苦労したぜ。なのにルクスには感謝してもらうどころかぶん殴られたけどな」

そう言って二人は呵々大笑する。裏では涙ぐましい努力をしていたんだなと驚くと同時に呆れ果てる。もっと別のところで頑張れ。

「でも確かにルビディアさんの言う通りかもしれませんね」

「……アルクエーナ様、さてはまたろくでもないことを思いつきましたね？」

長年の付き合いによる勘が警報を出したのか、グラディアさんが怪訝な顔で尋ねる。それに対してアルクエーナはニヤリと得意気に微笑んでからこう言った。

「親睦を深めるため、あとついでに鍛錬で流した汗をスッキリさせるため、これからみんなでお風呂に入るというのはどうでしょう⁉」

「「「「……はい？」」」」

突拍子もない提案に五人の間抜けな声が綺麗に重なる。グラディアさんはただただ呆れて頭を抱えている。そんな俺達の心境などどこ吹く風とばかりにアルクエーナは駄々をこね続ける。

「体験入学の期間はまだもう少しありますし、こうして知り合えたのも何かの縁。この機会に私はみなさんともっと仲良くなりたいのです！」

「ハァ……自分の言っている意味がわかっていますか？　少しは冷静になってください、アルクエーナ様」

「グラディアさんの言う通りです！　確かにべたべたする汗を流したいですが、そのために一緒にお風呂に入る必要はないと思います！」

「そうですわ！　いいい、いくら何でも恋仲でもない殿方に肌を晒すのは不純すぎますわ！」

どう収拾をつけたらいいかわからないと言わんばかりに頭を抱えるグラディアさん。顔を赤くして叫ぶティアの言う通り、裸の付き合いをしなくても仲良くなることは可能だ。というよりそうなるための歓迎会のはずだ。だがそうなるように仕組んだことのあるルビィがそれを言うのは何ともおかしな話ではあるが。

「おいおいおい、どうするんだよ⁉　俺達このまま大人の階段上っちまうのか⁉　そうなのか⁉」

「おおお、落ち着くんだレオ！　話が飛躍しすぎだ！　そういうことをするのは清く正しい交際を経てからだ！」

「……二人とも落ち着け」

あることないこと想像してあたふたするレオとアーマイゼ。お風呂に入ったくらいでそんなことになるはずがないだろうに。

「もう、みなさん何を考えているんですか？　お風呂に入るのはティアリスさんやルビディアさんとだけですよ？　まさかルクスさん達も一緒だと思ったんですか？」

信じられませんね、と肩をすくめるアルクエーナだが、それはこちらの台詞ですと言いたげな女性陣と恥ずかしそうに俯く男性陣。何とも言えない気まずい空気が流れる。

「そういうことでしたらご自由に……と言いたいところですが浴室は最も無防備になる密室です。邪魔にならない範囲で警護させていただきます。よろしいですね？」

「もちろん構いませんよ、グラディアさん。そうだ！　その警護にはぜひルクスさんも参加してくれませんか？」

「どうしてそうなる⁉」

星剣を持ってきているならまだしもグラディアさんと違って今日の俺は丸腰だ。万が一襲撃を受けたら対応できる自信はない。

「なんだ、そういうことなら喜んでご一緒させていただきます！　ルビィはどうしますか？」

「もちろん私も異論はありませんわ。王城の浴室で湯浴みができる機会なんてそうありませんからね」

「ウフフッ。話は決まりましたね。それでは早速移動しましょう！　ルクスさん、グラディアさん、よろしくお願いしますね！」

「あ、あの……アルクエーナ様。俺達はどうすればいいでしょうか？」

早速立ち上がって移動を始めるアルクエーナにレオが声を震わせながら尋ねる。本当に俺がグラディアさんと入浴中の三人の警護をするとなれば必然的に残りの二人は手持ち無沙汰になる。まさかこのまま帰れとか言いだすんじゃないよな。その仕打ちはあまりに可哀想だ。

「えっと……グラディアさん、どうしましょう?」

「ハァ……思い付いたことをそのまま口にするのは姫様の悪い癖ですよ。そうですね……それならお二人は私の部下とともに王城内の巡回任務にあたるというのはいかがでしょう?」

アハハと笑うアルクエーナにやれやれと肩をすくめながらグラディアさんもまた思い付きで提案する。まさかこの二人、似た者同士か。

「お、俺達みたいな学生が王室親衛隊の皆さんと一緒に仕事をしていいんですか?」

「レオニダスの言う通りです。その申し出は興味がありますが僕達がいて邪魔になりませんか?」

さすがのレオとアーマイゼも困惑を隠しきれない。現役の王室親衛隊の隊員との鍛錬のみならずその仕事を間近で見られるというのはこれ以上ない貴重な経験になるだろう。むしろ俺もそっちに交ぜてほしい。

「その点に関しては問題ありません。鍛錬を見たところお二人とも十二分に一線で戦える力を持っていますよ。そのことは王室親衛隊隊長の私が保証します。誇りなさい」

力強いグラディアさんの言葉に感極まる二人。王家という国家の心臓を守護する総責任者に褒められたら誰でもそうなるよな。

「ですが申し訳ありません。ルクスさんは私と一緒にアルクエーナ様のわがままに付き合っていただきます。それに私個人としてもあなたに聞きたいことがありますので」

そう言いながらポンと俺の肩に手を置くグラディアさん。初対面の俺に何を聞きたいのだろうか。

「誰よりも理想を追い求め、修羅となって悪を斬り続けたあの男が【アルシエルナイツ】を辞めた後何をしていたのか。あなたは彼から何を学んだのか。私はそれが聞きたいのです」

懇願するように言われて面食らう。グラディアさんは王国魔術師団団員で師匠の同期で何度も決闘を挑むような関係だったんだよな。俺の知らないあの人の一面を聞けるかもしれない。

「わかりました。面白い話ができるかはわかりませんがそれでもよければ。代わりにグラディアさんの知っている師匠の話も聞かせてください」

「フフッ、承知しました。私の知っている範囲でよければお話ししますよ」

交渉成立の証として握手を交わす。長きに亘り修練を続けているのがわかる固くて無骨な手。だがそこからは力強さ以外にも優しさが感じられ、アルクエーナが慕う理由が何となくわかった。

「……なんだかルクス君とグラディアさん、いい雰囲気になっていませんか？　私の気のせいですか？」

「いいえ、ティアの気のせいではありませんわ。私にもそのように見えます。まさかルクスは年上派だった？」

「ついにグラディアさんにも春が訪れたんですね……でもさすがに学生に手を出すのはまずいと思いますよ？」

女性陣の好き勝手な物言いに俺は呆れて言葉が出ず、グラディアさんは長年仕えてきた主のあんまりな発言に怒りの上に笑みを無理やり張り付ける。爆発する寸前の特大魔術のようでただただ恐ろしい。

「誰が初恋知らずの枯れた女ですって？　姫様といえどもそのような暴言は許しませんよ？」

気持ちはわかるがまずは手を離してほしい。このままでは俺の右手がミシミシと音を立てて砕けてしまいます。

第4話　王城探検ツアー　お風呂編

「まさか王女様と一緒にお風呂に入る日が来るなんて……」

私――ティアリス・ユレイナス――は制服のブラウスのボタンを外しながら苦笑いを零す。

アルクエーナ様の歓迎会なのに主賓の案内で王城を案内されたところまではよかったものの、まさかルビィを含めた三人で一緒にお風呂に入ることになるなんて思ってもみなかった。

「えへへ。私、一度お友達と一緒にお風呂に入って背中の流しっこをするのが夢だったんです！」

ドレスを脱ぎながら嬉しそうに話すアルクエーナ様。ちなみに三人で使うには広すぎる脱衣所には私達以外誰もいないが、扉一枚挟んだ向こうにはルクス君がいると思うと少しだけ緊張する。

「ウフフッ。そう言っていただけるのは光栄ですわね。私でよければいくらでもお背中を流してさしあげますわ」

「ありがとうございます、ルビディアさん。それなら私もルビディアさんの背中を流しますね！　ティアリスさんも……いいですか？」

「えっ……？　あぁ、もちろんいいですよ！　私にもアルクエーナ様の背中を流させてください」

ぼぉっとしているところに話を振られて慌てて答える。そんな私に幼い頃から付き合いのあるルビィはジト目を向けてから嘆息する。

「ハァ……どうせルクスが扉を一枚挟んだ向こう側にいるのでドキドキしているのですね。まったく、これだから清楚ぶった痴女は困りますわ」

「ち、痴女!?　ルビィ、いくらなんでもそれは言いすぎでは!?」

「なるほど、ティアリスさんは痴女なんですね。まぁルクスさんとお風呂で遭遇してもそのまま一緒に湯船に浸かるのはどう考えても……うぅ、これ以上は私の口からは言えません！」

キャッと顔を覆いながら可愛い悲鳴を上げるアルクエーナ様。風評被害もいいところだが、心の距離を縮めるためにルクス君と一緒にお風呂に入ったことは紛れもない事実なので強く言い返せないのが悔しい。

「それにしてもアルクエーナ様の身体は本当に綺麗ですわね。同じ女性としてとても羨ましいですわ」

「そんなことありませんよ。ルビディアさんやティアリスさんと比べたらまだまだ幼児体形ですし……」

もしもこの場にレオニダス君達がいたら口を揃えて〝そんなことありません！〟と断言したことだろう。同じ女として私も嫉妬を覚えてしまうくらい、アルクエーナ様の身体は美しかった。

「穢れのない白くて瑞々しい肌。おわん型の可愛くて形の整った胸。キュッと引き締まったクビレに桃のようなプリッとしたお尻……まさに女神様の生まれ変わりですわ」

「め、女神様の生まれ変わり⁉　いくら何でも言いすぎですよ。私はそんな大層な人間ではありません！」

大袈裟な表現ではあるがルビィの言ったことは偽りのない事実だと私も思う。幼児体形とアルクエーナ様は言ったがとんでもない。彼女の身体はすでに完成されているにもかかわらずこの先もさらに成長する余地が多分に残されているという矛盾を孕んでいる。

「ルビィの言う通りですよ、アルクエーナ様。それに大きくてもいいことばかりじゃないですから！」

「そうですわ、アルクエーナ様。無駄に肩は凝りますし可愛い下着はなかなか見つからないですし、むしろ悪いことの方が多いですわ！　だからそんなに悲観しないでくださいまし！」

果たして慰めになっているのかわからない言葉をルビィと一緒にかける。

「うぅ……持たざる者の悲しみはお二人にはわかりませんよ。こうなったらルクスさんに慰めてもらうしか――」

「それはダメです！　絶対にダメです！　そんなことをしたら本当の痴女になってしまいますよ!?」

「そそそ、そうですわ！　王女ともあろう方が無闇に殿方に素肌を晒すものではありませんわ！」

アルクエーナ様の暴挙をルビィと全力で止めるが、慰めてもらうって何をどうしてもらうつもりなのか問いただしたい気持ちもなくはない。ただそんなことを聞けば白い目で見られるのは明白なので無理やり胸の中に押し込める。

「フフッ。冗談ですよ。いくら何でもそんなことはいたしません。それに慰めてもらうなら浴室ではなく寝室のベッドの上で愛を囁きながらの方が――」

「スト――――ップ！　それ以上は言わせませんよ、アルクエーナ様！」

ぽっと顔を赤らめ、身体をくねくねとさせながら赤裸々な妄想を口にする第二王女様に最後まで言わせないよう私は全力で叫ぶ。

ちなみに何を想像したのか、ルビィは耳まで湯気が出るほど真っ赤になり、呼吸の仕方を忘れた魚のように口をパクパクさせている。こう見えてこの脳筋なお嬢様は初心（うぶ）で純情なのだ。

「ですから冗談ですって。私が大人の階段を上るのはまだ当分先の話です。そんなことよりいつまでも裸でいたら風邪を引いてしまいますのでいざ参りましょう！」

「ちょ、アルクエーナ様⁉　危ないので引っ張らないでください！　というかその前にタオルを巻いてください！　巻かせてください！」

無邪気に楽しそうに笑う生まれたままの姿のアルクエーナ様に手を引かれ、私達は王族専用の浴室へと足を踏み入れた。

「ベッドで愛を囁きながら大人の階段……ルクスと……上る……ぐへへ。って私はなんて破廉恥なことを考えて――――！」

未（いま）だに妄想の世界に浸って気色の悪い笑みを浮かべるルビィには二度と私のことを痴女と呼ばせないと心の中で固く誓った。

＊＊＊＊

扉を一枚挟んだ脱衣所で姦しくしている三人の声を背中で聞きながら、俺はグラディアさんと一緒にお風呂場の警備にあたっていた。今頃レオとアーマイゼは現役の王室親衛隊の方達と王城内を巡回しているのか。少し羨ましいな。

「姫様のわがままに無理やり付き合わせてしまって申し訳ありませんね、ルクスさん」

俺の心を読んだのか、申し訳なさそうに苦笑いしながらグラディアさんが声をかけてきた。こう言ったらティアが頬を膨らまして抗議してきそうだが、これまで関わってきた女性の中でこの人は一番まともかもしれない。

「本当ならルクスさんもあの可憐な花園に交ざりたいところでしょうが、さすがにそれは許可できませんのでお許しを」

「むしろ許可しないでくれてありがとうございます！」

前言撤回。この人もダメかもしれない。あの輪の中に入りたいと思うのはよほどの命知らずか欲望に支配された人間だけだ。俺は全然、まったく、少しも思っていない。

「フフッ。冗談はさておくとして。ヴァン……ヴァンベール・ルーラーは元気にしていますか？」

「さぁ、どうでしょう。あの人のことだから野垂れ死んでいることはないと思いますが、今どこで何をしているかは俺にもわかりません。なにせ行方知らずですから」

「やはり、借金をあなたに押し付けて消息を絶ったという噂は本当だったのですね。まったく、あのクソ野郎は相変わらずですね」

力強く拳を握りながら吐き捨てるように言うグラディアさん。もしかして師匠の金遣いの荒さは昔からだったのだろうか。

「グラディアさんから見て師匠——ヴァンベール・ルーラーってどんな人だったんですか？」

俺の質問が意外だったのかグラディアさんは一瞬驚いた表情を浮かべたが、すぐに顎に手を当てながらどこか懐かしむようにポツポツと話し始める。

「そうですね……彼を一言で言い表すのは難しいのですが、強いて言うなら誰よりも英雄や正義の味方になろうとした男ですかね」

そう口にするグラディアさんの顔に浮かぶ感情の大多数は羨望だったが、ほんのわずかに怒りや葛藤のようなモノが交じっているように俺には見えた。

「その証拠にヴァンが隊長をしていた時の【アルシエルナイツ】は今とは比べ物にならな

いほど前線に出て、魔術師団が必要なくなるほど王国のために戦っていました」

これは以前レオに聞いた話と同じだ。俺の前では太陽が高いうちから酒を飲むか憂さ晴らしのように俺に稽古をつけるかしていた傍若無人な男と同一人物とは思えない。

「そんなヴァンのことを世間は本物の正義の味方、真の英雄と呼び、そして彼もまたそれを誇りに思っていたのも事実です。ただその分私生活は酷い有様で……表にはほとんど出ていませんが任務が終わったら一人で酒を浴びるように飲んだり、気晴らしと称して決闘場に覆面選手として参加したり、やりたい放題やっていましたよ」

「ハハハ……師匠の酒好きは昔からだったんですね。というかまさか【アルシエルナイツ】が決闘に選手として参加するようになったのって――？」

「ご推察の通り、ヴァンが原因ですね。魔術師たるもの常在戦場、守りたいモノを最後まで守りきるために己を高めることを忘れるなと隊員たちに言ったのが始まりだそうです」

その言葉が今でも生き残っているのは感慨深く、また師匠の言葉にそれだけの重みがあったことは驚きだ。

「それだけ彼が凄まじかったという証拠です。だというのに突然全てを放り出して何故隠居なんてしたのか……その無責任さには怒りを通り越して呆れます」

「………」

「申し訳ありません。ですが私は知りたかったんです。恐怖のあまり足がすくんで私は何もできなかった〝バスカビルの大災害〟をたった一人で解決し、名実ともに英雄になったというのに何故姿を消したのか」

あなたを育てるためだけに隠居したとは思えない。そうグラディアさんは付け足してから品定めをするかのようにジッと見つめてくる。

「それは……俺にもわかりません。師匠は過去のことはほとんど教えてくれませんでしたから」

あの人は別に秘密主義というわけではなく、ただ話したくないだけというか話すのにそれなりの覚悟がいるのか、それがいつまで経っても決まらない様子だった。なにせ過去の自慢話以外は〝時機が来たらちゃんと話す。それまで待て〟とはぐらかされた。

でもその時の師匠の顔はいつも深い沼に溺れて苦しんでいるみたいだった。

「そうでしたか……ならあの男の過去についてルクスさんが知りたいと思うのも当然ですね」

「なにせ俺は、自分を産んでくれたのが師匠の妹だってこと以外、本当の父と母の顔すら知りませんから」

「ヴァンの妹というのはカメリアさんのことですね。一度だけ会ったことがありますが……なるほど、あなたの容姿と黒髪に光る一房の銀髪は彼女譲りでしたか」

「もしかして母さんのことを知っているんですか⁉」

師匠が頑(かたく)なに教えてくれなかった母の名前をまさかこんな形で知ることになるとは思わなかった。

「いえ、ただ一度だけ会って話したことがある程度です。あれはヴァンが【アルシエルナイツ】の隊長になって一年くらい経った頃、確か結婚の報告に来た時だったと思います。話を聞いた彼は驚いていましたが、同時に見たことがないくらいすごく喜んでいたのをはっきりと覚えています」

「そんな話、師匠から一度も聞いたことなかったです……」

「……カメリアさんはとても無邪気というか活発というか、太陽のように明るく眩(まぶ)しい方でした。距離の詰め方も独特で、初対面の私に対して〝もしかしてあなたがお兄ちゃんが手紙でよく書いている恋人さんですか？〟と斬(き)り込んできましたから」

「それはなんて言うか……独特というか変人の類じゃないですか？」

師匠が妹に手紙を書いていたこともそうだが、その中でグラディアさんについても記していたのは驚きの事実だ。ただいきなり〝恋人ですか？〟と尋ねるのはさすがにどうかと思うが。

「ええ、おっしゃる通りです。ですが不思議と嫌な気持ちは抱きませんでしたし、とても兄思いのいい方でした。みんなの笑顔を守るためなら自分の身を犠牲にすることを厭わないヴァンのことをとても心配していました。ですが恋人の件は全力で否定させていただきました。本当ですからね？　あの男には恋心なんて微塵も抱いていませんからね⁉」

「いや、そんな必死に言わなくてもわかりますから大丈夫ですよ」

ここまで淡々と話していたのに急に慌てて否定するのは却って逆効果ですよ、と言ったら抜剣して斬りかかられそうだから胸にしまっておこう。

「んんっ！　話をカメリアさんに戻すと、ルクスさんの身近な方で例えるなら彼女はティアリスさんととてもよく似ています」

「ティアとですか？」

まさかここで彼女の名前が出てくるとは思わなかった。

「雰囲気もそうですが、時折あなたを見つめるティアリスさんの瞳がヴァンを見ていた彼女とそっくりです。随分と慕われているのですね」

「こ、この話はここまでにしましょう！　グラディアさんはいつからアルクエーナの護衛をしているんですか⁉」

我ながら強引な話題転換だが、こうでもしないとやぶ蛇になりかねない。そんな俺の心

情などまるっとお見通しだと言わんばかりにグラディアさんは笑みを零してから、

「私が姫様の護衛になったのは十年ほど前ですね。ただ当時の私は魔術師としても、王国を守る騎士としてもどん底だったので最初は苦労しました」

今となってはいい思い出です、と言ってグラディアさんはまた笑う。王室親衛隊隊長を務めている人がどん底を経験していたのは意外だった。

「こんな風に言ったら笑われるかもしれませんが、私は英雄になりたかったんです。世界の危機からみんなを救う英雄に。そのために修練を積んできましたが、肝心な時に私は怖くて足がすくんで何もできませんでした」

それがいつの出来事を指しているのかは敢えて問う必要はないだろう。そしてその時のグラディアさんが抱いた感情も問わずともわかる。自分への絶望だ。

「ですが姫様と出会って……あの人の笑顔のおかげで私は立ち上がることができました。言うなれば命の恩人です」

「……アルクエーナのこと、すごく大切に思っているんですね」

「ええ。この命に代えてでも守りたい、大切な子です」

そう言って微笑むグラディアさんはまるで我が子を思う母のようで、とても眩しく見えた。同時にこの人にここまで思われているアルクエーナが少しだけ羨ましかった。

「――隊長。こちらにいらしたんですね」

　グラディアさんの言葉を遮る形で王室親衛隊の隊員と思われる男性が声をかけてきた。先ほどの鍛錬の時には見かけなかった人だが体調でも悪いのだろうか、胡乱な瞳で足取りもふらついているように見える。

「……何事ですか？」

　異変に気付いたのか、尋ねるグラディアさんの声にもわずかに緊張の色が交じる。俺もごくりとつばを飲み込みながら戦う準備を整える。

「今、扉の向こうに、アルクエーナ様が、います、よね？」

　ぶつ切りに言葉を発しながらゆっくりと近づいてくる隊員。距離が縮まるにつれて彼から発せられる異様な空気が濃くなっていく。頭の中で警報が鳴る。

「……あなたには関係のないことです。今すぐ持ち場に戻りなさい！」

「隠しても、無駄です。そちらにアルクエーナ様がいるん、ですよね？　なら――殺さないといけないよなぁ！」

　絶叫し、腰に差した剣を抜きながら地を蹴る隊員。まさか王室親衛隊の人間が本来守るべき王女を殺しに来るとは。しかも今はアルクエーナの他にティアとルビィもいる。ここを突破されるわけにはいかない。たとえ手元に星剣がなかったとしても。

「雷鳴よ、奔れ《トニトルス・ショット》！」

一筋の紫電が迸る。

王女の命の危機が迫っているとはいえここは王城。強力な魔術を使うことは躊躇われるが、この程度で倒せるなら王室親衛隊に選ばれるはずがない。現にこの隊員は俺が放った雷撃をいともたやすく剣で払って迎撃してみせた。

「魔術を斬るくらい造作もないか。さすがは王室親衛隊」

「邪魔をするな、小僧。俺にはアルクエーナ様を過酷な運命から解き放つという崇高な使命があるんだ。立ち塞がるならお前から殺すぞ？」

「あんた、一体何を言っているんだ……？」

「ルクスさん、耳を貸してはいけません。恐らくあの男が王城内に終焉教団を手引きした裏切り者です」

そう言ってギリッと血が滲むほど強く唇を噛みながら剣を構えるグラディアさん。もしも本当にあの隊員が終焉教団と繋がっているのなら、この瞬間にも王城内に侵入している可能性もある。そうなったらティア達だけではない、レオやアーマイゼにも危険が及ぶかもしれない。

「落ち着きなさい、ルクスさん。まずは目の前の敵に集中するのです」

「グラディアさん……」

「とりあえず一度下がりなさい。ルクスさんの実力は先ほどの手合わせでわかっているが、星剣を持たない今のキミでは彼と戦うのは少々危険だ」

私に任せてくれ。そう言われて俺はこくりと頷いた。確かに無手の俺では却って足手纏いになるだけか。

「見損ないましたよ、隊長。あなたはアルクエーナ様のことを第一に考えていると思っていたのに……」

「だからこそ、私はお前の行動を許すわけにはいかないのだ。今ならまだ間に合う。大人しく投降すれば命の保証はしよう」

「……もういい！　邪魔をするならあんたも殺す‼　これを使えば俺も【アルシエルナイツ】と同じ力を手にすることができるんだからなぁ！」

そう叫びながら隊員は懐から血のように赤い液体の入った注射器を取り出し、そのまま首筋に突き刺した。

その瞬間、隊員の身体から燃えるような魔力がマグマのように噴きあがる。その異様な光景に俺もグラディアさんも思わず硬直する。

「何だ、この魔力は……⁉　お前、自分が何をしたのかわかっているのか⁉」

「グラディアさん……？」

「アハッ……！　アハハハハハッ‼　最高だ……この力があれば隊長どころか【アルシエルナイツ】にだって勝てる‼」

動揺するグラディアさんと、頬を紅潮させて呵々大笑する隊員。一体何が起きているんだ。

「クフフフッ……どうしますか、隊長？　大人しくどいてくれたら命までは取りませんよ？」

「……戯言を。たかが魔力が増えた程度で調子に乗るなっ！」

見えすいた挑発。だがこれ以上何か起きる前に倒した方がいいと判断したグラディアさんが突貫を仕掛けるが、隊員は下卑た笑みを零しながら魔術を発動した。

「火炎よ、弾丸となり、乱れ爆ぜろ。《イグニス・バレットフレア》！」

「――――ッツ⁉」

一瞬で生み出された大量の火球。しかも色は本来の綺麗な赤ではなく怨念を帯びているかのような濁った黒。あれらが全て爆発したらアルクエーナどころかこの王城ごと吹き飛んでおしまいだ。

「グラディアさん、下がって！」

俺の指示に言葉を返すことなくグラディアさんが反応し、突撃を中止して俺の横まで飛び退いてくる。

「氷雪よ、吹雪きて白世に染めろ《グラキエス・ベンティスカ》！」

ありったけの魔力をくべて俺が起動するのは第四階梯魔術。この一撃で魔術だけでなく隊員を戦闘不能に追い込む。

あらゆるものを凍てつかせる風が王城の廊下に吹き荒れる。瞬く間に地面が、壁が、天井が白く凍っていき、魔術ごと隊員の身体の機能を奪う。

「今です、グラディアさん！」

「任せろ――――！」

力強く地を蹴り、再度突貫を試みるグラディアさん。生きたまま確保して捕らえることは難しくなったが余計な被害が出る前に止めることが最優先だ。

「クフッ、クフフフッ……甘いですよ、隊長‼　この程度の魔術で今の俺は止められません！」

「――なっ⁉」

再度隊員から魔力が噴きあがる。しかもその勢いは先ほどとは比べ物にならないくらい激しい。

「ヒャァハァァァアアアアアアッ――――！」

「クッ――!?」

灼熱を帯びた魔力によって身体の自由を取り戻した隊員が奇声を上げながらグラディアさんに斬りかかる。だが膂力が強化されているのか、グラディアさんは攻撃を受け止めるのが精一杯。意識が鍔迫り合いに向いて無防備になっている鳩尾に前蹴りを叩きこまれ、ボールのように地面を転がる。

「アヒャヒャヒャハッ！　どうしたんですか、隊長？　もしかして俺に殺されたくて接待してくれているんですか？　それとも最初からこの程度の実力だったんですか？」

「……まさかここまでとは」

「……どうしますか、グラディアさん？」

膝をついて息を整える王室親衛隊隊長に尋ねる。言外にここから先は目の前の敵を倒すことに全力を尽くすという意味を込めて。

「そうですね……ここから先は油断せず全力でいきましょう」

殺すつもりで。そう付け加えながらグラディアさんは立ち上がるが、正直追い込まれているのは俺達の方だ。

「あぁ……待っていてください、アルクエーナ様。今、俺があなたを過酷な運命から解放して――」

恍惚とした表情で轟々と魔力を滾らせながら一歩ずつこちらに近づいてくる隊員。

現状わかっていることは、急激な魔力増加とそれに伴う身体能力の大幅な向上。耐魔術も上がっているので第四階梯であってもダメージを負わせることは難しい。かといってそれ以上の階梯の術を使えば王城そのものが危険になる。つまり、手詰まりだ。

「ねぇ、ルー君。これは一体何の騒ぎかな？」

そんな中、背後から間の抜けた声が聞こえてきた。振り返った先にいたのは純黒の外套に身を包んだカレンさんだった。

「カレン・フォルシュ……！　どうしてお前がここにいる？」

「あっ！　こんばんはです、グラディア隊長！　大丈夫ですか？」

「挨拶も私の心配もしなくていい。質問に答えるんだ」

「どうしても何も、お仕事に行く前にアルちゃんに会っておこうかなって思って捜していたんですよ。そしたら突然ヤバい魔力を感知したから飛んできたってわけです。それで、あれは何ですか？」

どこまでも緊張感のない声で話しながら俺達のもとに歩み寄ってくるカレンさんだがその立ち振る舞いに隙はなく、視線も隊員にしっかり向いている。いつ何が起きても即座に攻撃できる構えだ。

「カレンさん、あの人は王室親衛隊の隊員でアルクエーナの命を狙っています。理由はわかりませんが、教団と繋がりがあるのは間違いないと思います」

「……なるほど。あの馬鹿げた魔力については？」

「わかりません。妙な薬を注射したら突然あんな風に……」

動揺しているグラディアさんに代わって状況を説明する。カレンさんはふむと顎に手を当てながら珍しく真面目な思案顔をしている。

「まさか教団特製のお薬がよりにもよって王室親衛隊の手に渡るとはね。これは思っていたより危険な状況かもね」

「教団特製の薬？」

「うん。あの隊員君が使ったのは簡単に言うと誰でも簡単お手軽パワーアップアイテムってやつだよ。一度服用すれば【アルシエルナイツ】に匹敵する力を得ることができる優れモノ。まぁもちろん副作用はあるけど」

「それってまさか……使えば命を落とすとかじゃないですよね？」

「おっ！　ルー君てば冴えてるぅ！　その通り、あの薬を使ったらほとんど例外なく命を落とす。燃えるように身体から湧き出ている魔力。あれは文字通り彼の命そのものだよ」

あれが消えた時があの隊員が死ぬ時だよ。そうカレンさんは冷徹な声で言った。そこにいつものふざけた調子はなく、今ここにいるのは紛うことなき王国最強の魔術師の一人である。

「よし、ルー君のおかげで状況はわかったからそろそろ倒そうか。これ以上騒いでいたらのんびりお風呂に浸かっているアルちゃん達も不安になるだろうしね」

そもそもこれだけ騒いでいたらさすがに気付くだろうと思うのだが、もしかしてあの風呂場には特別な結界でも張られているのだろうか。

「待ちなさい、カレン・フォルシュ！　あなた一人で戦うというのですか？　いくら何でもそれは――」

「無茶でも何でもないですよ、グラディア隊長。大丈夫、あの薬を使った教団の人間とは何度か戦ったことがありますから！」

そう言って腰の刀をスルリと抜きながら相対するカレンさん。口元に浮かべている不敵な笑みは自信の証。殺気とはまた違う絶対強者の圧が身体から溢れ出ている。

「ウヒャヒャヒャ！　まさかここで【アルシエルナイツ】がお出ましとは！　まぁもしあんたが来たら殺すように上から言われていたからちょうどよかったぜ！」

「誰の指示か気になるところではあるけど……まぁいいや。ちんたらやっていたら本来のお仕事に遅れちゃうからさっさと済まそうか」

隊長に怒られたくないからね、と言いながらカレンさんは刀を構える。その瞬間、彼女が纏う空気が激変し、周囲の温度も急激に低下する。実際に下がっているわけではなく、現役最強の魔術師の一人の圧がそう感じさせている。

「あんたを殺して王女を殺す！　そうすれば俺も晴れて英雄の仲間入りだ！」

叫びながら蛇が地を這うように隊員が駆ける。その速度は先ほどよりも上がっており、瞬く間に間合いを詰めて剣を振り下ろす。

「………………」

一合、二合、三合――静かな王城の廊下に激音が響き渡る。深紅に身体を燃やす隊員の連撃は目を見張るものがあるがカレンさんは冷静に捌いている。

「隙はたくさんあるのにカレン・フォルシュは何故反撃しない？　さっさと終わらせるというのは嘘だったのか？」

「いや……違いますよ、グラディアさん。カレンさんは反撃しないわけじゃありません。あれはただの確認作業です」

一挙手一投足をつぶさに観察し敵の力量を推しはかる。言葉にするのは簡単だが、それができるのは両者の間に彼我の実力差があるからだ。

「増大した魔力で身体能力は上がっているようだけど、それだけみたいだね」

「ハァ、ハァ、ハァ……何を、言って……！」

「薬を使って強くなったとしても元が弱いんじゃ意味がないって話。まぁ腐っても王室親衛隊の隊員だから教団の戦闘員よりは強いけどねっ！」

　カレンさんは余裕を崩すことなく相手の剣を弾き、がら空きの胴体に足刀を叩きこむ。身体をくの字に曲げながらたたらを踏んで後退る隊員。

「よし、キミの底はもうわかった。だからそろそろ楽にしてあげるね」

「ふざけるなっ！　俺はまだ負けたわけじゃ――――！」

　負けたわけじゃない、そう言おうとしたところで隊員の言葉は途切れた。その理由は至極単純。カレンさんの身体から蒼天の魔力が立ち上っているからだ。

「記憶解放――――〝八岐大蛇首落とし〟」

　紡がれる祝詞で呼び起こすは神代の記憶。

　顕現するは神気を纏った八本の刀剣。

　その圧巻の光景に言葉を失い、呆然と立ち尽くす隊員。彼の身体を覆っていた深紅の輝きも色褪せていく。

　王家を守る一員でありながら敵に寝がえり、あまつさえその命を狙った裏切り者に裁きが下る。

「壱の太刀【臨】」

神の怒りの一撃に隊員は両断され、糸の切れた操り人形のようにバタリとその場に倒れて血の海に沈んだ。

「これにて終幕、ってね！」

刀を納めながらキラッと星が輝くウィンクを飛ばしてくるカレンさん。一瞬前の圧はどこへやら。俺は肩をすくめて安堵と呆れがごちゃ混ぜになったため息を吐く。

「……カレンさん、少しやりすぎでは？」

「そんなことないよぉ。だって相手は国を裏切ってアルちゃんを殺そうとしていたんだよ？　しかも終焉教団の秘薬を使ってね。ならその覚悟には全力で応えないとダメだと思わない？」

「それは……確かにそうかもしれませんけど……」

部下を目の前で失ったグラディアさんのことを考えるとほんのわずかだが心が痛い。初対面でティアやルビィ達を殺しに来た人の死を悼むほど俺は情に厚いわけではないが、グラディアさんにとってはこれまで王家を守ってきた戦友だ。少なからずショックを受けているに違いない。

「私なら大丈夫ですよ、ルクスさん。彼女の判断は正しい。それについて思うところもなければ文句を言うつもりもありませんから」

そう言いながらグラディアさんはゆっくりと立ち上がり、静かに頭を下げた。

「手を煩わせてしまって申し訳ありませんでした、カレン・フォルシュ。部下の不始末は隊長である私の役目なのに……本当に申し訳ない」

「頭を上げてください、グラディア隊長。私達の役目はアルちゃん……アルクエーナ王女殿下を守ることじゃないですか。今は無事、守りきれたことを喜びましょう」

「……はい。そう言っていただけると助かりま――」

「キャァアアアアアアアア――‼」

グラディアさんの言葉をかき消すように浴室から突如響き渡るティアの悲鳴。まさか中にも襲撃者が現れたのか⁉

視線を交わして無言のうちに意思統一を図り、俺はグラディアさんとともに三人の下へと急いだ。

＊＊＊＊

時はルクスとグラディアがヴァンベール・ルーラーについて話し始めた時まで遡る。

「はぁぁぁ――――さすがは王族専用の大浴場ですわね。極楽ですわぁ」

「寮の大浴場もゆったり足を伸ばせてくつろげますが文字通り格が違いますね。しかも湯に浸かっているだけで肌がスベスベになります」

隣にいるルビィはめずらしく肩まで湯に浸かって思い切り足を伸ばしている。寮で一緒にお風呂に入る時は優雅に半身浴で済ませているのに何ともだらしない。

「フフッ。気に入っていただけて何よりです。それにしてもこうして改めて見てもお二人は本当にスタイルがいいですよね。それでいて魔術の才能もあるというのは世の中本当に不公平です」

「それを言ったらアルクエーナ様だって本当に綺麗ですからね？　何度も言わせないでくださいね？」

「そうですわよ。行きすぎた謙遜は時として嫌味になりますわ」

「ですが……私にはお二人のようなフワフワでやわやわな胸はないですし……あぁ、お二人の伴侶となる方が羨ましいです」

そう言ってハァと盛大なため息を吐くアルクエーナ様に私とルビィは思わず自らの胸を両手で隠す。

湯船に浸かる前、彼女の要望を叶えるために背中の洗いっこをしたのだが、その時の彼女の手つきが筆舌に尽くしがたいほど艶めかしくて反応しないように我慢するのが大変だった。

「せめて私にも魔術の才能くれてもよかったのに……神様は本当に意地悪です」

頰を膨らませながらバシャッと足で水しぶきを立てるアルクエーナ様。そう言えば学園に来てからしばらく経つというのにこの方の魔術属性について私達は何も知らない。とはいえ魔術は親から子へと遺伝されるもの。ラスベート王国王家の血を引くアルクエーナ様に才能がないなんてことは――

「残念ながら、お二人に比べたら私の魔術の才能は大したものではありません。治癒魔術は得意ですが攻撃系の魔術になると発動させることすらほとんどできないのです」

私達の思考を先回りするかのようにアルクエーナ様は自嘲気味に、それでいてあっさりと口にした。だがその内容は驚愕で、私はルビィと思わず顔を見合わせる。

「治癒魔術は使えるのに攻撃系の魔術が発動しない？　そのような話、聞いたことありませんわ」

「私も聞いたことがありません。本当に使えないのですか？」

何かの間違いではないのかと言外に尋ねるルビィに私も同意する。

単純に治癒魔術すら使えないというならそもそも魔術師としての才能が皆無ということになるが、アルクエーナ様はそうではない。むしろ使い手が限られる治癒魔術が得意という時点で彼女は魔術の才に富んでいるとさえ言える。

「ええ、悲しいことに。色々な先生に教えてもらいましたが第一階梯（かいてい）の魔術ですら私には発動させることができませんでした。なので最低限自分の身は自分で守れるようにと父が頼み込んでヴァンベールさんに来ていただいたんです」

結果は散々でしたけどね、と苦笑するアルクエーナ様。

「ですから私は、誰かを守る力を持っているお二人がとても羨ましいんです。私では何かあっても守ることはできませんから……」

王女として、国を背負う者として戦うための力を持っていないことに苦悩するアルクエーナ様の気持ちを私はわかってあげることができないと思う。彼女の悩みに対する答えは彼女自身で見つけるしかない。ただ彼女の中から抜け落ちている大事なことを伝えることはできる。

「でも……アルクエーナ様は大切な人が傷ついた時、助けることができますよね？　私とルビィは戦うことはできてもケガを治すことはできません」

この間の戦いでルクス君は私を助けるために瀕死(ひんし)の重傷を負った。もちろん王都に出現したハウンドウルフ・キングロード達によって少なくないケガ人も出た。そんな時に命を救ったのがアルクエーナ様のような治癒魔術を使える魔術師達だ。彼ら彼女らがいなかったら今頃ルクス君は——

「ティアの言う通りですわ。それに戦いが終わっても変わらず時は進みます。そんな時に役に立つのは私達のような〝戦う力〟ではなくアルクエーナ様のような〝癒(いや)す力〟の方ですわ」

そう言ってルビィは笑みを浮かべながらアルクエーナ様の小さな手を両手で優しく包み込む。十六年前の〝バスカビルの大災害〟のように、戦いよりその後の人生の方が圧倒的に長い。その時に必要なのは戦うための力ではなく人々を明るい未来へと導く希望の光だ。その力がアルクエーナ様にはある。

「……ありがとうございます、ティアリスさん、ルビディアさん。昔お姉ちゃんに同じことを言われたのを思い出しました」

「お姉ちゃんというと……十年ほど前に病気で亡(な)くなられた第一王女様ですよね？」

「はい。あの人とは年は離れていましたが色んなことを教えてくれました。あと私が怖い夢を見た時はずっと抱きしめてくれて……本当に優しいお姉ちゃんでした」

そう話すアルクエーナ様の顔はとても物哀しげで、見ているこっちの心臓がきゅっと引き絞られて痛くなる。私達と一つしか違わないのに大切な家族を失い、自身の不甲斐なさに心を痛めているなんて。

「でも今はグラディアさんがいるので大丈夫です！　王室親衛隊隊長なんてすごい肩書を持っていますが、私にとっては二人目のお姉ちゃんです」

年齢的にはお母さんですけどね、と笑って付け足すアルクエーナ様。本人が聞いたらどんな顔をするのか気になるところではあるけれど、今日のわずかなやり取りを聞いただけでもグラディアさんがアルクエーナ様に甘いのは十分わかる。

「アルクエーナ様はグラディアさんのことが大好きなのですね」

「はい。私が誰よりも信頼している人ですから。ただ最近、ちょっと思い悩んでいる顔をする時があるので心配なんですよね」

「それはきっとアルクエーナ様がわがままを言うから困っているのではないですか？　今日の親衛隊の方達との鍛錬だってきっと大変だったと思いますよ？」

「わ、私はわがままなんて言いませんよ⁉　今日の鍛錬だってグラディアさんにお願いしただけです！　もちろん無理ならいいですって注釈をいれて！」

「一国の第二王女からお願いされたら無理です、なんて口が裂けても言えませんわ。グラディア隊長の心中お察しします」

至極もっともなルビィのツッコミにそんな馬鹿なと項垂れるアルクエーナ様。どうやら本気でわがままを言ったつもりはなかったようだ。

「ま、まぁ本当に無理だったらグラディアさんもダメって言っていたはずですから。そんなに落ち込むことはないですよ。次から気を付けましょうね？」

「はい……そうします。でもちょっと落ち込んだのでこの偉大な母なる大地で甘えさせていただきますね」

「えっ、アルクエーナ様？　何を——キャァアアアアアアアア——‼」

派手な水しぶきを上げながら抱き着いてくるアルクエーナ様。しかも顔を谷間に埋めてスリスリしてくるし、さらに両手で敏感なところに色々触れてくるので思わず絶叫してしまった。

「ハァ……極楽です。これから落ち込むことがあったらティアリスさんの胸に文字通り飛び込むことにしますね」

「ちょ、何を言って……ぁっ、んんっ……！」

「将来ルクスさんが独り占めする前に堪能しておかなければ！」

鼻息を荒くして身体中至るところをまさぐってくるアルクエーナ様。抵抗しようにも力が入らない。どうにかしてこの拘束から抜け出さないと別の意味で頭が沸騰してしまう。

「――ティア、無事か⁉」

「ご無事ですか、姫様⁉　何かあったのですか⁉」

そう思っていたら勢いよく扉が開いて、焦燥を顔に張り付けたルクス君とグラディアさんが浴室に入ってきた。そうか、さっきの私の悲鳴を聞いて何か起きたと思って助けに来てくれたのか。さすがルクス君です――ってそうじゃありません！

「……グラディアさん。これは一体？」

「……ルクスさん、悪いことは言いません。今すぐ背を向けてここから出た方がいい」

目の前の惨状に困惑しているのか硬直して声を震わせるルクス君にため息交じりに忠告するグラディアさん。だがパニック状態になっているのは私達も同じ。突然の訪問にさすがのアルクエーナ様も顔を真っ赤にしているし、ルビィに至っては思考停止して彫刻のように固まっている。

「えっと……この様子だと何かあったわけじゃないんだよな？」

「はい。大方姫様が中年オヤジのようにティアリスさんに抱き着いて色々なさっているだけです。ですからルクスさんは可及的速やかに――」

「私達は大丈夫なので早くここから出ていってください！！」

私は近くに置かれていた桶で湯船から湯を掬ってルクス君に思い切りぶっかけた。心配してくれるのは嬉しいですが裸を見られるのは恥ずかしすぎます！

「……理不尽だ」

「心中お察しします」

ルクス君とグラディアさんの仲がまた一歩進展したような気がした。

第5話　月下の語らい

「――なるほど。私達がお風呂(ふろ)でくつろいでいる時に外ではそんなことがあったんですね……」

お風呂から上がったティア達とともにアルクエーナの部屋に戻った俺は改めて何が起きたのかを三人に説明した。

ちなみにお風呂上がりの三人は何故(なぜ)かモコモした可愛(かわい)らしい部屋着姿。適度に開いた胸元からチラリと見える下着に、丈の短いパンツからの生足の露出は実に艶めかしく、目のやり場に困る。

閑話休題。

「王室親衛隊の隊員が終焉(しゅうえん)教団と繋(つな)がっていたというのは衝撃ですわね。よもや彼らの魔の手がここまで伸びていようとは……」

話を聞いたティアとルビィは言葉を失っている。ラスベート王国を支える大貴族の一員の二人だからこそ、より事の深刻さに打ちのめされているのだろう。

「申し訳ありません、姫様。よもや王室親衛隊からこのような裏切り者を出すような事態になるとは……これもすべて隊長である私の責任です」

「グラディアさんの責任ではありませんよ。それに身近にいながら彼の異変に気付けなかった点においては私も同罪です」

　謝罪の言葉を述べるグラディアさんをアルクエーナは苦笑いを零（こぼ）しながら庇（かば）う。誰が悪いかなどの責任の所在はこの際関係ない。今考えるべきは他にある。

「感傷に浸っているところ悪いんだけど、まずは早急に王城内の警備を強化すべきではないですか、グラディア隊長？」

　辛辣とも言える口調で言ったのは事態を収拾させたカレンさんだ。俺が顚末（てんまつ）を説明している間、腕を組んで壁に寄りかかったままずっと口を閉ざしていたのでてっきり寝ているかと思った。

「それとティアリスちゃん、ルビディアちゃん。悪いけど今夜はこのまま王城に泊まっていってくれるかな？　もう夜も遅いし、寮に帰るまでの間に襲われる可能性もゼロとは言い切れないからね」

　学園長には私から伝えておくからとカレンさん。強制力を伴ったお願いにティア達は頷（うなず）くしかなかった。

「もちろんルー君達も泊まるんだからね？　と言っても他の二人は夜通し警備する気満々みたいだけど」

この場にいないレオとアーマイゼの耳にも当然のことながら襲撃の件は入っている。それを聞いた二人は謎の使命感を滾らせて今も王城の中を巡回している。

「わかっていますよ、カレンさん。俺ももう少ししたらレオ達と合流して寝ずの番をしますから。剣も貸してもらったのでもう後れは取りません」

星剣ではないので扱いに気を付けなければならないけど、と心の中で自戒の念を口にする。

「いや、ルー君はこの部屋を警備してくれるかな？　借り物の剣とはいえこの王城の中で一番強いのはキミだからね。万が一の時は被害度外視で戦ってくれていいからね」

「……そこはグラディアさんじゃダメなんですか？」

「ルクスさんのおっしゃることは尤もですが、私は姫様の護衛役である前に王室親衛隊の隊長。姫様だけでなく陛下や王妃も守らなければなりません」

王室親衛隊における最重要護衛対象。それはアルクエーナではなく現ラスベート王国国王に他ならない。終焉教団の狙いがアルクエーナだったとしても陛下に危険が及ばないとは言い切れない。

「つまり私の命よりも陛下の命の方が重いということですよ、ルクスさん。まぁその分あなたに守ってもらえるので文句はありませんけどね！」

むしろ嬉しいです、と言って微笑むアルクエーナ。当事者であり、かつ目の前に危機が迫っているのに緊張感の欠片もないのは困りものだ。

「そういうわけだからルー君、ここは任せたからね！　あっ、可愛い女の子達がすやすや寝ているからといって襲ったらダメだからね？」

「何を言い出すかと思えば……そんなことするわけないでしょう!?」

真面目な空気は霧散し、一転して普段のお茶目さを取り戻すカレンさん。確かにこの部屋にいる女性はみな魅力的ではあるが、かといって寝込みを襲うようなことはしない。だからグラディアさん、殺意を込めた視線を向けないでください。

「そんなぁ……私には魅力がないってことですか、ルクスさん？」

「………………はい？」

「私はいつでもウェルカムですよ？　なんならお部屋の中で警備してくれてもいいですよ？」

何を言い出すんだ、この王女様は。もしかして俺を不敬罪か何かで断頭台送りにしたいのだろうか。

「ちょ、アルクエーナ様⁉　そういうことはまずは正式にお付き合いをしてからじゃないとダメです！」

「そうですわ！　いくら何でも不健全すぎますわよ！　ラスベート王国の王女としてもっと自分の身体を大事にしてくださいまし！」

ティアとルビィが動揺しつつも王女の暴走を止めにかかるが、一度走り出したアルクエーナはそう簡単には止まらない。

「わかりました。お二人がそこまで言うなら仕方ありません。ここは平等に三人ともルクスさんに相手をしてもらいましょう。それなら文句はありませんよね？」

「文句しかありません（ありませんわ）‼」

「むぅ……二人は意外とわがままなんですね。ルクスさん、どうしたらいいと思いますか？」

ここで俺に話を振らないでほしい。俺は心の中でため息を吐きながら肩をすくめて適当に答える。

「……とりあえずお茶でも飲んで落ち着いてくれ。あと俺は頼まれてもそんなことは絶対にしないからな」

「そうですね。ここはルクスさんの言う通り、お茶でも飲みながらどうするか考えましょうか！」

そう言ってアルクエーナは紅茶を淹れに立ち上がった。人の話を全く聞いていないな、このお姫様は。おかげで頭が痛い。早くこの部屋から抜け出してレオ達と合流したい。

「モテる男は大変だね、ルー君。でも溢れ出る欲求に身を任せたらダメだぜ？　まぁ本気で断頭台に行きたいなら話は別だけど」

「神様に誓ってしませんよ。というかカレンさんこそ、いつまでものんびりしていていいんですか？　任務があるんじゃないですか？」

俺達を助けに来てくれた時に〝本来の任務がある〟と言っていたはずなのだが、この調子でいたら隊長に怒られるのではないだろうか。

「ちょっとルー君！　覚えていたならどうして早くそれを言ってくれなかったのかなぁ⁉」

「人のせいにしないでもらえますか？」

本気で忘れていたのか、この人は。戦っている姿はこれ以上ないくらい頼もしいのに。

「酷いよ、ルー君！　ピンチの場面から助けてあげたことをもう忘れたの⁉　私が駆け付けなかったら今頃どうなっていたと思っているのかなぁ⁉」

「それとこれとは話が別だと思いますが……というかさっさと行ったらどうですか？」

カレンさんは顔を真っ青にして慌てて部屋を飛び出していった。廊下から〝隊長に殺される ぅ！〟と悲痛な叫びが聞こえたのは気のせいだろう。油を売っていた自分が悪い。

「それでは私もこの辺りで失礼させていただきます。ルクスさんも一緒に行きますか？」

「行きます。ぜひ一緒に行かせてくださいお願いします！」

苦笑いをしながらグラディアさんのお誘いに俺は全力で首を縦に振る。

「えぇ！　せっかく紅茶を用意したのに行ってしまうんですか？」

ティーセットを手に戻ってきたアルクエーナが残念そうに言うが、これ以上この場にいたら何が起きるかわからないので早々に退散させてほしい。

「こんな機会、滅多にないんですから一晩話し明かしましょうよ！　ヴァンベールさんの話とか色々聞かせてくださいよぉ！」

「はいはい。わがままはその辺にしてください、姫様。これ以上わがままを言うとルクスさんどころかティアリスさん達にも嫌われてしまいますよ？」

すかさずグラディアさんがフォローに入り、アルクエーナは悔しそうに王女にあるまじきぐぬぬといううめき声を上げる。

「むぅ……わかりました。それではルクスさん、夜は長くて大変かと思いますがどうぞよろしくお願いいたします」

「あぁ、任せてくれ。三人のことは俺が守るよ。だから安心して寝るといい」

「フフッ。疲れたらいつでも遊びに来てくれていいですからね？　あっ、その際はノックを忘れずに！」

「しっかり鍵をかけて、誰が来ても部屋の中に入れないように」

最後までお茶目な態度を崩さないアルクエーナに呆れつつ、しかし何があっても動じない心の強さに感心する。王族に生まれた者としていつかなる場合でも死を受け入れているかのようだ。

「それではティアリスさん、ルビディアさん。私達はのんびり紅茶を飲みながらおしゃべりしましょうか。お二人のお話も色々聞かせてください」

けれど、同年代の二人に話しかけるアルクエーナは俺達と何ら変わらない少女であり、そんな彼女の笑顔は何としてでも護らないといけないと強く心に誓いながら俺はグラディアさんとともに部屋を後にした。

＊＊＊＊

シンッ、と静まり返った王城にわずかに差し込む月明かり。少し肌寒さを覚えながらアルクエーナの警備を務めること二時間余り。状況に流されるままにここに立つことになったが、実際のところ何が起きているのだろうか。

「裏切り者は一人だけなのか？　王室親衛隊以外にも教団と繋がっている奴がいたとしたら……？」

考えるだけで恐ろしいが、その可能性はゼロではない。そもそも王族の警護は主にグラディアさん率いる王室親衛隊の管轄。にもかかわらず何故【アルシエルナイツ】のカレンさんがアルクエーナの護衛をしているのだろうか。この時点で何かしらあると考えるのが普通なのだが、

「暇を持て余したカレンさんの単独行動の可能性も捨てきれないんだよなぁ」

普段は年上とは思えないほど子供っぽくて猫のように自由気まま。それでいて戦いの場になると圧倒的な力で敵をねじ伏せる。この天と地ほど離れた温度差のせいで腹の底で何を考えているのか全く読めない。そもそもあの人が王城内にいるタイミングでどうして襲撃を仕掛けてきたのか。教団の狙いがわからない。

「何故教団はアルクエーナを狙うのか、そこもわからないんだよな……」

王族を狙うのはわかる。だがこの国の心臓でもある国王陛下を差し置いて王女であるアルクエーナを真っ先に殺そうとするのは何故だ。彼女には教団にとって都合の悪い特別な

力でもあるというのか。さっぱりわからない。

「師匠なら何か知っていそうだけど……まったく、一体どこで何をやっているのやら。さっさと帰ってこいよ、クソ親父」

思わず口から悪態が零れる。ほんのわずかな期間とはいえ、アルクエーナに魔術や戦技を教えていたからには彼女の力について何か知っているはず。それを聞ければ教団の狙いもわかるというのに。あのクソ親父は未だに連絡の一つもよこさない。

「――暇そうですね、ルクスさん」

答えの出ない思考の海に潜っている俺に声をかけてきたのは他でもないアルクエーナ。わずかに開いた扉から顔だけをチラリと覗かせながら悪戯が成功した子供のような笑みを浮かべていた。

「大人しく部屋の中にいるようにとグラディアさんに言われただろう？　ティアとルビィは何も言わなかったのか？」

「お二人なら疲れていたのか先に眠ってしまいました。ですからルクスさん、少し私の話し相手になってくれませんか？」

「お断りします、と言っても俺に拒否権はないんですよね？」

「フフッ、ご名答です。でも部屋の中でお話しするとお二人を起こしてしまうので場所を変えましょう」

　さすがにそれはまずいのではと止めるより早くアルクエーナが部屋から出てきた。先ほどの部屋着の上に透け感のある薄手のカーディガンを羽織っていた。まさか最初から抜け出す気だったわけじゃないだろうな。

「それでは行きましょうか、ルクスさん。私のとっておきの秘密のスポットにご案内しますね」

　そう言って俺の手にギュッと腕を絡めてきたアルクエーナは弾むような足取りで歩き出す。もう止めても無駄なのは明らかなので、俺は内心でため息を吐きながらこの脱走がバレた時の言い訳を考える。

「安心してください、ルクスさん。怒られる時は私も一緒ですから。責任は半分ずつ背負いましょうね！」

「できることなら全責任を負ってください」

　我ながら情けないことを口にしているが、王女様にわがままを言われたら断れるはずがないのでその辺りを考慮に入れてほしい。グラディアさんならきっとわかってくれると信じたい。

「ダメですよ、ルクスさん。そういう時は決め顔で〝俺が全責任を負うよ、アルクエーナ〟って言わないと！　そんな風に言われていたら今頃私はあなたにイチコロでしたよ？」

「歯の浮くような台詞を俺に求めないでください」

何だろう、ただ話しているだけなのに警備している時より疲れる。レオとアーマイゼが恋しい。二人はちゃんとやれているだろうか。心配だ。

なんて現実逃避をしながらアルクエーナに連れられて来たのは王城の最上階。そこはドーム状に覆われたガラス張りの庭園。満天の星と月明かりに照らされて輝く色とりどりの花たちが幻想的な雰囲気を醸し出している。

「ここは私の憩いの場なんです。辛い時、悲しい時、嬉しいことがあった時は決まってここに来るんです」

そう口にするアルクエーナの顔は哀愁を帯びていた。今ここに来ている理由は果たしてどれだろうか。

「色々申し訳ありませんでした、ルクスさん。あなたには迷惑ばかりかけていますね」

「……いきなりどうしたんだ？」

ペコリと頭を下げるアルクエーナ。初めて見る殊勝な態度に面食らうが、そんな俺の心境など気にすることなく彼女はぽつぽつと話し始める。

「私が学園に体験入学をしたのは他でもない、ルクスさんに会ってその力を確かめたかったからです。隣の席を賭けてティアリスさん達に決闘を申し込んだのはそのためです」

「…………」

「何ですか、そのジト目は？　もしかして私がただルクスさんの隣の席に座りたいがために無茶苦茶な要求をしたと思っていたんですか？」

てっきりそうだとばかり思っていました、なんて口にしたらきっと頬を膨らませて怒るので俺は口を噤むことにした。

「カレンさんとの戦いを見て、今この国で何が起きているか知っていただく決意ができました。こうして王城に招いたのはそのためです」

「それは……どういう意味だ？」

唐突に語られる裏事情に思考が追いつかない。そんなことを俺に話して何の意味があるのだろうか。

「王室親衛隊の中に裏切り者が出たことからわかるように、現在王城はとてもじゃありませんが安全とは言えません。グラディアさんやカレンさんがいなければ私は今頃棺桶の中にいるはずです」

「そんな危険な場所に俺やティア達を呼んだのか!?」

一歩間違えたら暴従と化した隊員にティア達も殺されていたかもしれない。そう考えると思わず俺の語気も荒くなる。

「……はい。それも全てはルクスさんに何が起きているかを理解していただくため。ですがこれはあなたの師であり父であるヴァンベール・ルーラーからお願いされたことでもあります」

「師匠から？」

一体あの人の目的は何なんだ。どうしてそんなことをアルクエーナに頼む必要があったんだ。そんなことをするくらいなら直接教えてくれ。

「表立って動いてこそいませんが終焉教団の活動はここ数年活発になっています。そして先日、ついに彼らは行動を開始しましたが……その契機になったのは他でもないルクスさん、あなたの存在です。その理由はご存知ですか？」

「まぁ、一応はな」

終焉教団――エマクローフ先生――が前代未聞の大事件を起こしたのは俺の持っている星剣【アンドラステ】を手に入れるためだったとアンブローズ学園長から聞いている。

だが疑問に思っていることがある。元々星剣は俺の手に渡る前はユレイナス家が家宝として所有していた。もし本当に剣そのものが狙いなら、相手が王国を代表する大貴族でも教団が何もしてこなかったのはどうしてだ。

「教団の目的は星を破壊して創星すること。そのために必要なピースが全て揃ったことで彼らは動き出しました。そしてこのピースの中に私も含まれています」

「なるほど……アルクエーナの力は教団には邪魔ってことか。というかキミは一体どんな力を持っているんだ？」

　俺の問いかけにアルクエーナはわずかに逡巡してから厳かな声でこう答えた。

「星の記憶を見ること。そして……死者であっても蘇らせることが可能な治癒能力です」

「………なんだって？」

「理解が追いつかないのも無理はありません。あと言っておきますが実際に死者を蘇らせようとしたことはありませんからね？　そんな冒瀆……絶対に許されません」

　試したことがないのに何故わかるのかというと、それは星から教えてもらったからだとアルクエーナは言う。もしこの話が本当だとしたら教団が命を狙うのも当然だ。死者を蘇らせることができるなら最早それは神様に等しい。

「さて……長々とお話ししましたがまとめると、同じ星に選ばれた者としてルクスさんと仲良くなりたかったってわけです！」

「うん、色々台無しになるまとめをありがとう」

　真面目な話をしたら発作を起こす病にでもかかっているのだろうか。もしそうなら深刻だ。早く医者に診せないと。

「それと改めて感謝を。同じ過酷な運命を背負っているルクスさんを見て私ももっと頑張らなければと思いました。これ以上グラディアさんや王室親衛隊の皆さんに負担をかけたくありませんから」

「……ほどほどにな」

　俺の知らないところですでに王女として頑張っていると思う。そんな彼女にもっと頑張れと俺は言えなかった。

「さて、必要なことだったとはいえ深刻な話ばかりじゃ息が詰まりますね。それではそろそろ恋バナをしましょうか！　ルクスさんのタイプの女の子を教えていただけますか？」

「――こんなところで何をしているのですか、姫様、ルクスさん」

　背後から静かな怒気を孕んだ声が聞こえてきた。アルクエーナは〝げっ〟と露骨にうめき声を発しながら壊れた人形のようにギギギとゆっくりと振り返る。

「まったく……部屋の前にルクスさんがいないので捜しに来てみれば。姫様、あなたはどうして大人しくできないのですか？」

「ちょっとグラディアさん。どうして私ばかり責めるんですか？」

「ルクスさんが姫様を連れ出すはずがないからに決まっているでしょう。大方あなたがわがままを言ったのでしょう？　本当に昔から仕方のない人ですね、あなたは」

そう言いながらやれやれと肩をすくめるグラディアさん。この人ならそう言ってくれると信じていた。

「これ以上ルクスさんを困らせたらダメですよ。それにこのままここにいたら風邪を引いてしまいます。部屋に戻りましょう」

「うぅ……わかりました。それではルクスさん、少々名残惜しいですが行きましょうか。話の続きはお部屋の中で」

不満そうに唇を尖（とが）らせながら渋々アルクエーナは歩き出す。確かにもう少しだけこの景色を眺めていたいがそれこそわがままだ。俺は一つため息を吐（つ）いてから二人に続くが、これだけは言っておこう。

「話の続きはしませんよ。部屋に戻ったら大人しく寝てください」

好きな女性のタイプを聞かれても答えようがないからな。

第6話　魔導新人祭、開幕

「ヴィオラ・メルクリオがクラス代表を辞退したですって!?　どういうことですの、ロイド先生!?」

ざわつく教室に机を叩きながら叫ぶ、驚愕と怒りの交ざったルビィの声が響き渡る。

週明けの朝。長い一日が始まる前のひと時の団欒を楽しんで弛緩しきっていた教室の空気は、連絡事項としてロイド先生の口から告げられた内容に一気に緊迫したものとなった。

「気持ちはわかるが一旦落ち着きたまえ、ルビディア」

「落ち着いてなんていられませんわよ!?　そもそも魔導新人祭を直前に控えての辞退なんて前代未聞ですわ！　まさかヴィオラが辞退した分の欠員の補充はないとか言いませんわよね!?」

ルビィの言うことは尤もだ。ヴィオラがいなくなったら俺とルビィは二人で魔導新人祭に挑むことになる。始まる前から数的不利を抱えていては勝負にならない。

「だから落ち着けと言っているだろう。代表辞退が過去になかったわけではないので当然補充はする。ただ今回は直前なので学園長と協議した結果、補充メンバーはルクスとルビディアに誰にするか選んでもらうことになった」

ヴィオラが抜けた穴を埋めるのは容易なことではないが、開催まで時間がないことを考えると、授業などである程度実力を知っている東クラスの生徒から選ぶのが一番妥当な線だ。

「キミ達二人の選択がそのまま採用となる。自由に決めるといい。ただ申し訳ないがそんなに時間はない。可能なら今日中に――」

「――私が立候補することは可能ですか、ロイド先生？」

ロイド先生の言葉に被せるように手を挙げながら尋ねたのは俺の前に座っているアルクエーナだった。

「体験入学中とはいえ今は私もこの学園の生徒の一人。魔導新人祭に出場する権利はあると思うのですがいかがでしょう？」

まさかの自薦に俺とルビィはもちろん、東クラスの面々が驚愕の色に染まる。それはロイド先生とて例外ではなく困惑した表情を浮かべている。

「いかがでしょう、と言われましても私からは何とも。ただ学園長は〝二人には今いる一年生の中から誰を選んでも構わない〟とおっしゃっていた。つまり――」

「アルクエーナ様を選んでも問題はない、そういうことですわね？」

ルビィの言葉にロイド先生は無言で頷いた。まさかヴィオラの代わりに本気でアルクエーナを指名するつもりなのか。

「前に言いましたよね。私ももっと頑張るって。まさに今がその時なんです。ですからどうか私もお二人と一緒に戦わせてください！」

その言葉と訴えるような視線に気圧されそうになるが、果たして簡単に頷いていいものなのだろうか。

「私は賛成ですわよ、ルクス。アルクエーナ様の魔術は破格。何よりアルクエーナ様が加わってくれたら私達の優勝は確固たるものとなりますわ！」

「それは聞き捨てなりませんね、ルビィ。優勝するのは私達です。油断していると足を掬われますよ？」

「気持ちはわかりますが今回ばかりは負ける気がいたしませんわ！　慢心上等、足を掬えるものなら掬ってみなさいな！」

オホホホッと呵々大笑するルビィ。どうやら彼女の中ではすでにアルクエーナのチーム加入は確定しているようだが、王女が相手となったらみんな委縮しないだろうか。

「大丈夫ですよ、ルクス君。仮にアルクエーナ様が相手だとしても魔導新人祭に出場する以上は優勝を目指すライバル。一切手加減はしません。もちろんいいですよね、アルクエーナ様？」

「えぇ、構いませんよ。むしろ忖度したら軽蔑しますからね？　全力で来てください」

早くもバチバチと火花を散らす女子二人。どうやら俺の懸念は杞憂だったらしい。これでヴィオラの代打はアルクエーナで決まりだな。

「何はともあれアルクエーナ様、何も気負うことはありません。ルクス君が守ってくれますから大丈夫です！　何だったらそこの脳筋を肉壁にするのもありです！」

「ありじゃありませんわよ!?　私が肉壁になる前にあなたを肉塊にしてあげますわ、ティア！」

ぐぬぬと鼻先をくっつける勢いでいがみ合うお嬢様達。いつもと変わらないやり取りにアルクエーナの表情も徐々に明るくなっていく。

「王女様は王女様らしく、堂々とした態度でルクスとルビディアを従えればいいんですよ！」

「ありがとうございます、レオニダスさん。たまにはいいことをおっしゃるんですね」

「たまにはは余計ですけどね!?　よくわからないところでルビディアの影響受けないでくださいよ！」

王女様から褒められたというのに憤慨するレオ。だが突然話題に出されたルビィがわずかに怒りを含んだ笑みを浮かべてレオの肩にポンと手を置く。

「中々興味深いことを言いますのね、レオニダス。でもそれはどういう意味ですの？　まるで私が悪いみたいじゃありませんか？」

「ハッハッハッ！　察しがいいじゃねぇか。そうだよ、お前が悪いって言ったんだよ！同じ聖女でもアルクエーナ様はお前と違って本物なんだよ！　それを黒く染めるんじゃねぇ！」

「オホホホッ！　誰が誰を黒く染めているですって？　レオニダスのくせにいい度胸じゃありませんか。表に出なさい、今すぐ決闘ですわ！」

「そういうところだよ⁉　そんなに戦いたいなら今じゃなくて魔導新人祭があるだろうが！　そこで白黒つけようじゃねぇか！」

アルクエーナの代表入りの話のはずがこれまたいつも通りの展開になって教室中が揃って苦笑いを零す。

「ハァ……あの二人は放っておくとして。それでは学園長にはヴィオラが抜けた穴にアルクエーナ様が入ると伝えておきます」

「はい。よろしくお願いいたします、ロイド先生。出場する以上、精一杯頑張ります！」

確かな決意を口にするアルクエーナ。しかし瞳は揺れ、声もわずかに震えていることに恐らくみんな気付いている。そんな彼女に俺ができることがあるとすれば――

「承知しました。ではその旨(むね)私から学園長に伝えておきます。ルクス、ルビディア、アルクエーナ様を頼んだぞ」

「合点承知ですわ！　アルクエーナ様に優勝の美酒を味わってもらうべく全力を尽くしますよ、ルクス！」

「――もちろんだ。俺達三人で優勝しよう！」

最善を尽くし、アルクエーナとともに魔導新人祭で勝つ。それも誰も文句を言えないような圧倒的勝利をもぎ取る。俺にできることはそれくらいしかない。

学園長が決めたこととはいえ、この人選に不平不満を抱えて文句を言いたい奴(やつ)もいるだろう。そういう生徒達を沈黙させるにはそれくらいの覚悟で挑む必要がある。

「フフッ。そう簡単に勝たせてあげたりしませんからね、ルクス君」

「そうだぜ、ルクス！　王女様には悪いが魔導新人祭は俺達が勝たせてもらうぜ！　ルビディアともども首を洗って待っているんだな！」

「レオニダス君、それは小悪党が言う捨て台詞(すてぜりふ)ですよ……」

ガハハッと笑うレオにティアが苦笑を零しながらツッコミを入れる。この二人にアーマイゼを加えたチームは間違いなく強敵だし、南クラスのロディアのチームも無視することはできない。とはいってもそれはヴィオラであっても同じことなので、アルクエーナに替わってもやることは変わらない。

「よし、私からの話は以上だ。魔導新人祭まで残り一週間。悔いを残さぬよう準備をしっかりと行うように。あぁ、もちろん授業も疎かにするなよ？」

「すみません、ロイド先生。最後に一つだけよろしいですか？」

「なんだね、ルビディア？」

「ヴィオラが代表を辞退した理由はなんだったのですか？」

「あぁ、そのことか。持病が悪化したということらしいのだが、実は私もそれ以上詳しいことは聞いていないのだ」

そう言い残してロイド先生は教室を後にした。張りつめていた空気がようやく落ち着いて一息吐くことができた。

「ルクスさん、ルビディアさん。改めてよろしくお願いします！　お二人の足手まといにならないように精一杯頑張ります！」

「さっきも言いましたがそう気張ることはありませんわ。大丈夫、私の頭の中にはすでに必勝法が思い浮かんでいますわ！」

得意気な顔でえへんと胸を張るルビィ。たゆんと揺れる果実に目を奪われそうになるのを必死に堪えて——隣に座っているお嬢様の視線が怖い——誤魔化すように咳払いをする。

「必勝法とは随分と大きく出ましたね。参考までに教えてもらうことはできますか？」

「当然答えはノーですわ！　ルクスには放課後お伝えしますが敵であるティア達には絶対にお教えしませんわ！」

「……だいたい予想はついていますけどね。私でも同じことを考えますから」

神妙な顔でティアは言うと苦笑いをする。

付き合いが長いが故に考えていることは手に取るようにわかるのだろう。だがたった今代役に決まったにもかかわらず二人が同じ作戦を思いつくということは、アルクエーナの魔術適性を把握しているのは明らかだ。

「安心なさい、ルクス。私がスマートかつ完璧な作戦を考えてみせますわ！　大船に乗ったつもりで放課後を楽しみにしていてくださいな！」

そう高らかに宣言してからオホホホッと優雅に笑うルビィ。何だろう、ティアの困った顔を含めてここまで自信満々だと逆に不安になってくる。

「まぁ……なんだ。頑張れよ、ルクス」

「他人事だと思って呑気だな、レオ。後で覚えていろよ」

そんな軽口を親友と交わしながら授業の用意をしつつ、嫌な予感がするのは俺の思いすごしに違いないと自分に言い聞かせる。

そして迎えた放課後、答え合わせの時。場所は東寮の談話室。集うメンバーは三人。その内容はズバリ――

「ルクス、勝利のために単騎特攻で敵を薙ぎ払ってくださいまし！　その間に私とアルクエーナ様でフラッグを奪取しますわ！」

「うん、きっとそんなことだろうと思ったよ」

予想通りだったことを喜ぶべきか嘆くべきか。それともルビィらしいと褒めるべきか非常に悩ましいところではあるが、とりあえずこれのどこが必勝法なのか問いただすのが先であることは間違いない。

「あなたの考えていることは手に取るようにわかりますわよ、ルクス。この作戦のどこが必勝法なのかと思っているのでしょう。その理由は他でもない、アルクエーナ様ですわ」

「……まぁ王女様に万が一ケガを負わせるようなことがあったら一大事だからな」

「違いますよ、ルクスさん。魔導新人祭に出場する以上多少のケガを負うのは致し方ありませんし、誰も何も言いません」

それなら一体どんな理由があるというのだろうか。この疑問に対する答えはすぐに返ってきた。

「私は治癒魔術以外、まともに魔術を使うことができないのです。もちろん戦技も……ヴァンベールさんに色々教えていただいたんですけどね」

「……なんですって？」

えへへと苦笑いを浮かべるアルクエーナ。ちなみに運動神経もあんまりよくありませんのであしからず、とさらに付け足されて俺は思わず目をパチクリとさせる。一芸に特化した魔術師は存在するし俺も決闘場で何度か戦ったことはあるが彼女の場合は才能が偏りすぎている。

「つまりアルクエーナ様は完全な後方支援型の魔術師ということですわ。護衛役を一人付けなければただの動く的ということです」

本人を目の前にして辛辣にも程がある。

「そこでカギになるのがルクス、あなたですわ。あなたはよくも悪くも学園内ではティア達と肩を並べる有名人。しかもアーマイゼに模擬戦で勝利する戦闘能力を有している。これが何を意味するかわかりますわよね？」

「まさか……みんなして俺の首を狙っているって言うんじゃないだろうな？」

「さすがルクス。察しがよくて助かりますわ！」

可憐な笑顔で言われても反応に困る。

「そんなあなたが単独で行動しているとなれば相手は複数人で対処に当たらざるを得ないですし、無視すれば逆にあなたに狩られることになりますわ」

「…………」

こう言ったらルビィが怒るから口には出さないが、この説明は意外と理に適っている。

ただ脳筋で単騎特攻って言っているわけじゃないんだな。

「今年の一年生の中であなたと一対一でまともに戦えるのは三人。逆に言えばこの三人を抑えてしまえば私一人で対処は可能ですわ」

仮にルビィ達が囲まれて負傷してもアルクエーナの治癒魔術があるのでそう簡単に戦闘不能にはならないだろう。

「なるほど……ルビィにしてはちゃんと考えているんだな。うん、この作戦なら行けると思う」

「……釈然としない物言いですがまぁいいでしょう。そして以後この作戦名は〝出る杭打てるものなら打ってみろ〟作戦とすることにしますわ！」

いかがでしょう、と言われて俺とアルクエーナは思わず顔を見合わせる。才色兼備なお嬢様には名づけのセンスが欠けていたようだ。

幕間(まくあい)　計画、始動

「ウフフッ。今年の魔導新人祭は例年以上に盛り上がっているわね。私も観客席で観(み)たかったわぁ」

「くだらんな。あのような児戯の何が面白いというのか……俺には一寸たりとも理解できんな」

薄暗くてかび臭い道を談笑しながら歩くのは終焉(しゅうえん)教団のエマクローフと巨体の男。彼の名はルーガルー・カルリーク。教団に存在する七人の幹部〝七罪導師〟で【憤怒(ふんぬ)】を担当している偉丈夫である。

見た目通り、頭の中まで筋肉が詰まっているので何事も腕力で解決したがる傾向がある。権謀術数を張り巡らすことが好きなエマクローフとは正反対の性格の持ち主だ。

「一度も観たことがないからそんな風に言えるんですよ。それよりルーガルー卿(きょう)、ケガの具合は大丈夫ですか？」

「……問題ない。多少の手傷は負ったがこの程度、どうということはない。むしろ大事の前のちょうどいい肩慣らしになった」

「ウフフッ。それは何よりです。この作戦の要はルーガルー卿ですからね。万全でいていただかないと困ります」

そう言って微笑むエマクローフ。一方ルーガルーは苦虫を噛み潰したような表情を浮かべている。

「さすがカレン・フォルシュ。本気ではないとはいえルーガルー卿に撤退を余儀なくさせるとは……フフッ。最年少で【アルシエルナイツ】に入隊するだけのことはあるわね」

「抜かせ。俺が本気を出していればあのような小娘に後れを取ることなどありえん。それに撤退したのは逃げではなくこの作戦を成功させるための戦略的撤退だ。断じて！　敗走したわけではない！」

ドガンッ、と地面を踏み抜くルーガルー。誰も一言たりとも彼が恐れをなして撤退したとは言っていないのだが、自分で口にするということは少なからず自覚があるのだろう。

「もちろんわかっているわよ。ルーガルー卿が本気になれば【アルシエルナイツ】に後れは取らないことくらいはね」

ところとん小物だなとエマクローフは内心で嘲笑する。

「そもそも貴様がこのような回りくどい作戦を立てたのが原因だ！　あの手この手と搦め

手を使わずとも正々堂々と殺しに行けばよいものを……！」

憤怒に顔を染めながらルーガルーは再び地響きを立てる。これだから力が全ての能無しは困る。

暗殺に正々堂々も何もないとか、そもそも教団の戦力を以てしても王族と戦争して勝てる確率は低いとか、そんな話をしてもこの脳筋にはわからない。エマクローフは顔には苦笑いを浮かべつつ心の中で思いつく限りの悪態を吐く。

「……それだけ元気があればこの後の作戦に支障はなさそうね」

この作戦にはそれなりに時間をかけた。その成功にはルーガルーの獅子奮迅の活躍が必要不可欠。この怒りが燃料となって頑張ってくれるなら罵られようとも文句を口にするつもりはない。

「だがここまで来たら何も言うまい。俺は俺の役割を果たしてやる。それで大願が成就するならな」

鬱屈した感情を地面に八つ当たりしたことで発散できたのか、ルーガルーは落ち着きを取り戻して歩みを再開する。気付かれないように肩をすくめてからエマクローフが後に続く。

今二人がいるのはラスベート王立魔術学園に無数に存在している地下通路の一つ。もちろんデートでもなければ散歩をしに来たわけでもない。これから行う破壊活動のための潜入である。

噂によると学園の地下には広大な迷宮が存在しており、最強の魔法使いであるアイズ・アンブローズも安易に足を踏み入れることはしないとか。だがその分見返りはすさまじく、これも噂の域を出ないが神様の時代の武器を入手することができるらしい。

「本当にこの道の先にアイズ・アンブローズがいる席があるんだろうな？　作戦開始まで時間はあまりないぞ？」

彼らの頭上にある学園闘技場では魔導新人祭がすでに始まっている。標的のアルクエーナ王女が登場するのは三試合目とはいえ前の試合が早々に決着がつく可能性も考えれば、のんびり地下街道ツアーを楽しんでいる余裕はない。

「心外ね、ルーガルー卿。私が何年間この学園で教師をしていたと思っているのかしら？　このまま進めば間違いなくアンブローズ学園長のいる観覧席に到着するわ。もちろん、そこにあの人がいることは確認済みよ」

「ならばよい。ついでにもう一つ尋ねさせてもらうか。エマクローフ、本当に貴様一人でアイズ・アンブローズを抑えられるのか？　龍のガキを殺すには世界最強を封じるのは絶対条件だ。もし失敗すれば全てが水の泡だ」

「心配せずとも大丈夫よ。アイズ・アンブローズを封じる術はあの方から預かっているわ。だからルーガルー卿は心置きなくルクス君と戦ってください」

「……なるほど。貴様の自信の源はそれか。ならばよい——と言いたいところだが最後に言っておく。他の者達がどうかは知らないが俺は貴様を信用していない」

「あら、もしかして私が裏切るとでも思っているのですか？　そんなに信用がないとは思いませんでした」

悲しいですね、と泣き真似をしながら心にもないことを口にするエマクローフ。あまりにも胡散臭い彼女の仕草にルーガルーは唾を吐き捨てる。

「当然だ。なにせ貴様は自身の秘密を知りながら長年匿ってくれたアイズ・アンブローズを裏切った外道なのだから——ぐはっ⁉」

「貴様に私の何がわかる？　知ったような口をきくな、ルーガルー・カルリーク」

次は殺すぞ、と瞳に激情を宿し、ルーガルーの首に指を食いこませながら宣告するエマクローフ。

華奢な細腕にもかかわらず片手で巨漢を持ちあげ、イエス以外の返答を許さない瀑布のような殺気。ルーガルーが苦痛と怒りに顔を歪ませながら首を縦に振るのを見て、エマクローフは静かに彼の首から手を離した。

「フフッ。わかっていただけて何よりです。こんなところで味方同士で殺し合いをしても誰も喜びませんからね」

「……女狐めぎつねめ」

悪態を吐きながらギリッと息の根を止められそうな殺意を視線に込めて睨にらみつけるがどこ吹く風。飄々ひょうひょうとした摑つかみどころのない笑みを浮かべて歩き出す。

「さてさて、先を急ぎますよ。万が一遅刻でもしたら実行部隊の皆様に怒られてしまいますからね」

「その実行部隊とやらはちゃんと機能するのだろうな？　学園の教師陣には【アルシエルナイツ】に匹敵する者もいるのだろう？」

「そちらも問題ありませんよ。実行部隊の皆さんには教団特製のお薬を渡してありますから。それを使えば命と引き換えに最強に等しい力を得られるので後れは取りませんよ」

そう言って微笑むエマクローフは絵画に描かれる女神のようだがそこには悪意が多分に含まれているので正義ではなく悪の女神である。

「命を捨てて戦う手練てだれの魔術師が総勢五十名か……王立魔術学園を襲撃するには十分すぎる戦力だな」

「ええ。最大の障害である最強の魔法使いのアンブローズ学園長もあの方が用意した術で封じることができる。そうすればあとは標的を狩るだけ。頼みましたよ、ルーガルー卿」

「……任せておけ。世界を星から取り返すため、龍の器と聖女は確実に殺す」

＊＊＊＊

「ガッ、ハァ……ッ！」

「ど、どうしてお前達がここに……グハァッ！」

魔導新人祭が行われている闘技場の警備にあたっていた魔術師達のもとに突如現れた、漆黒の外套に身を包んだ謎の集団。何も起きるはずがないと油断していたこともあり、苦戦することなく無力化に成功する。

「…………」

そんな彼らを見下しながらため息を吐く襲撃犯のリーダー。この程度の守りで王女を守り切ることができると本気で考えているのだとしたら見通しが甘すぎる。

「万が一の時は自分が出ればすべて解決できると考えているのだろうな。それだけの力があの方にはある」

世界最強にして唯一の魔法使い、アイズ・アンブローズ。彼女が学園長として君臨し、さらにその下には【アルシエルナイツ】にあと一歩のところまで上り詰めた鬼才、ロイド・ローレアムを始めとした教師陣。そして――

「〝剣鬼〟カレン・フォルシュ。本当に……邪魔だ」

憎々しげに言いながらギリッと血が滲むほど強く唇を噛む。そもそもあの女さえいなければすでにアルクエーナ王女を過酷な運命から解放することができていたし、王城内に内通者がいると疑われることもなかった。

「教えてくれ、ヴァン……お前はどうしてあの子を育てた？　星の運命なんて重たい十字架をどうして彼に託したんだ……！」

「――失礼します。隊長、報告よろしいでしょうか？」

「……どうした？」

底のない思考の沼から意識を浮上させ、声をかけてきた部下に向き直る。

「闘技場周辺に配備されている警護の無力化、及び教団から渡された魔導陣の設置、ともに完了しました」

「……ご苦労。あとは持ち場に戻って奴らからの合図を待つように」

一言ねぎらいの言葉をかけた後、隊長と呼ばれた人物もまた持ち場に向かって歩き出す。

これから自分達が行おうとしていることは長年仕えてきた国に対する反逆であり、成功しても失敗しても歴史に名を残す大罪だ。

「それでも私は……あの方を救うためにやらなければならないのだ……」

たとえそれが妹のように大切に思っている罪のない少女の命を奪う結果になったとしても。

第7話　交錯する思惑

「いやぁ――まだ始まってないけど今年の魔導新人祭は最高に盛り上がってるねぇ！　お酒を飲みながら観戦できたらもっと最高だと思わないかな、ロイド先生？」

「そうですね。飲みながら生徒達の奮闘する様を無責任に応援することができたら最高に楽しいですね。なんて言うと思いましたか？　今日くらいシャキッとしてください、アンブローズ学園長」

闘技場が一望できるＶＩＰ室で呑気(のんき)に雑談しているのはラスベート王立魔術学園の学園長のアイズ・アンブローズと東クラスの担任を務めるロイド・ローレアム。さらにそこにもう二人――

「えぇ……いいじゃないですかぁ！　今日は記念すべきお祭りなんですよ⁉　お酒を飲みながらルー君達の応援をしましょうよぉ！　堅いこと言わずに気楽にいきましょうよ、ロイド先生！」

【アルシエルナイツ】のカレン・フォルシュが学生時代の恩師でもあるロイドの袖を摑み

ながら駄々を捏ねていた。絶賛体験入学中のアルクエーナの護衛担当である彼女はこの場にいるべきではないのだが、今日に限ってはやることがなくて暇を持て余していた。

「それにしてもまさかアルちゃんが代表として出場することになるとはね。それはキミが終焉教団に襲撃されたことと何か関係があるのかな、ヴィオラ・メルクリオ？」

そう言いながらカレンは学園長の隣に座って試合を観戦しているヴィオラに視線を向ける。彼女が急遽代表を辞退したのでアルクエーナが代理として出場することとなり、カレンは不信感を抱いていた。

「まさか。できることなら私もルクス君と一緒にあの場に立ちたかったに決まっているじゃないですか。ですが体調が優れないので仕方なく……」

本当に残念です、と現役最強の魔術師の一人から圧をかけられてもヴィオラが臆する様子は微塵もない。それどころか本当に悲しそうに肩をすくめている。

「そんなことより聞きましたよ、カレンさん。終焉教団の幹部と戦ったそうですね？　どうでしたか？」

「どこから話を聞きつけたんだか……まぁ確かに戦ったけどね？　ただ人除けの結界が張られていたとはいえ街中だったからね。さすがに記憶解放を使うわけにはいかなくて最終的には逃げられちゃったよ」

あっけらかんと話すカレンだが、実は教団幹部のルーガルーを取り逃がしたことを隊長にこっぴどく怒られている。

「まったく……最後の詰めが甘いのは昔と変わらんな。そんなことよりカレン、どうしてキミはここにいる？　いくらアルクエーナ様が代表として試合に出るとはいえ近くにいなくていいのか？」

「あぁ、そのことですか。もちろん私も傍にいるつもりでしたよ？　でも王室親衛隊にこっぴどく断られちゃったんですよぉ。〝王女様の護衛は我々が行う！〟ってな感じで」

やれやれです、と肩をすくめるカレン。

確かに終焉教団の動きが活発になっていることを考えれば王室親衛隊が本来の業務にあたろうとするのは理解できる。だが王城内にいるとされる内通者の件が未だ解決していないのもロイドとしては気掛かりだった。

「まぁグラディア隊長がいるから何か起きても大丈夫ですよ！　あの人すごく強いですし、いざとなれば私がここから飛び降りてすぐに助けに行きますから！」

「……何も起きないようにするのがキミの仕事ではないのかね？」

「無茶言わないでくださいよ、ロイド先生。ヴァンベール・ルーラーが隊長だった時ならいざ知らず、今の【アルシエルナイツ】は事が起きてからでないと動けない亀部隊なんですよ？　王女様を囮にして教団をおびき出すくらいの作戦じゃないと無理ですって！」

　グラディアが聞いていたら激怒じゃすまなかったであろうカレンの発言だが、ロイドはふと一つの可能性に思い至った。もしかしてヴィオラが代表を辞退して、アルクエーナ様がその代理になることをアイズが許可したのも、全ては教団と教団と通じている内通者をあぶり出すための作戦なのではないかと。

「はいはい。教団とか内通者とか暗い話はその辺にしておいて！　今はルクス君や王女様が戦うかもしれないチームの試合を観ようじゃないか！」

　ロイドの思考を遮るようにアイズがパンパンと手を叩く。だがその口角がにやりと吊り上がっているのを彼は見逃さなかった。

　そうこうしていると眼下の闘技場に二つのチームが入場してきた。この戦いの勝者がルクス達と戦うことになるのだが、

「開幕戦からいきなりティアリスちゃんが登場するのはびっくりぽんですね。もしかして学園長、裏で仕込みましたか？」

「ハッハッハッ！　人聞きの悪いことを言わないでもらいたいね、カレン嬢。いくら私が大会を盛り上げたいからとはいえ、生徒達の一生を左右しかねない魔導新人祭に私情を持ち込んだりはしないよ！」

呵々大笑(かかたいしょう)するアイズの真意を悟ったロイドは、心の中で自由奔放すぎる師の振る舞いについて教え子達に謝罪した。

「まぁそういうことにしておいてあげますよ。ちなみに対戦相手の子達の実力はどんな感じなんですか？」

「もちろん弱くはないけど、純粋な力で言えばティアリス嬢のチームに軍配が上がるかな。でもこれはフラッグ争奪戦。何が起こるかわからないよ」

「なるほど。それじゃこの試合で模擬戦の時には見られなかったティアリスちゃんの実力が見られるかもってことですね。フフッ、楽しみだなぁ」

それはお前が大人げなく本気を出したからだろう、とロイドは心の中でツッコミを入れつつ闘技場に視線を送る。

これからだというのにすでにティアリスは鬼気迫ると評するに相応(ふさわ)しい圧を放っており、それがＶＩＰ室の中にまで届く。直接対峙(たいじ)している生徒達はどのように感じているのかは察するに余りある。

「フフッ。ユレイナス家が生んだ天才児の本気にどこまで対抗できるのか見物だね。さて、それじゃそろそろ開幕戦のステージを決めようかな――よしっ、ここにしよう！」

ポチッとな、と緊張感のかけらもなく学園長が手元の魔導具を操作し、何もない闘技場に一瞬で森林を生み出した。

「それじゃ魔導新人祭第一試合――始め！」

＊＊＊＊

アンブローズ学園長の試合開始の合図と同時に闘技場は陽(ひ)の光を遮るほど鬱蒼(うっそう)と生い茂る森林へと様変わりした。だがこの景色は全て幻。この会場にいる全ての者達を欺く、実体を伴う限りなく魔法に近い魔術である。

「初戦から森林ステージとは……アンブローズ学園長も人が悪いですわね」

ついに始まった魔導新人祭。俺達はその様子を控室からモニターで観ていた。

画面にはティア陣営と相手陣営がそれぞれ映し出されており、フラッグを含めた六人の現在地もわかるようになっていた。

ちなみに対戦相手は西クラスと北クラスの混合チームだ。代表として選ばれている以上、実力はあるだろうがまともにティア達と戦うのは正直厳しいだろう。

「フラッグの探索と敵の捜索。ルビィならどっちを優先する？」

試合終了の時点でフラッグを手にしていたチームが勝利となるが、優勝を目指すならいたずらに時間をかけずにできるだけ早く決着をつけるに越したことはない。

「難しいところですわね。フラッグを奪取して時間まで逃げ切るだけの隠密スキルがあるなら話は別ですが、仮に探索と捜索の二つにチームを分けたとして、相手が三人のまま固まって行動していたら遭遇時のリスクは高くなりますわ。つまるところリスクを取るか安定を取るかの話ですわね」

　相手が誰であれ、戦いというのは一つのミスが勝敗に大きく関わってくる。始まりから終わりまで一つの選択も間違わなかった者こそが最後まで戦場に立つ勝者となる。

「ですがこの戦いにおいて観客が求めているのは〝四大魔術名家筆頭の力〟。つまりティアリス・ユレイナスの圧倒的な勝利ですわ」

　ラスベート王国にその名を轟かせるユレイナス家に誕生した規格外の〝原初の四属性適性者〟。その実力が如何ほどのものなのか確かめることが観客の総意だとルビィは言う。

「そのことにティアリスさんは気付いているのでしょうか？」

「あの子のことですから観客から求められていることはわかっているはずですわ。ですから相手が三人で動いている状況で会敵した場合、その瞬間にこの試合は終わりますわ」

　アルクエーナの問いにモニターをじっと見つめながらルビィは確信めいたことを口にする。ティアのことをライバルと認めているからこそその言葉だろう。

「ですから相手チームも戦力を分散させてフラッグ確保に動くはず——と思いましたがどうやら面白いことになりそうですわね」

画面に映し出された光景を見てルビィの口角が吊り上がる。言われるがまま視線をそちらに向けると、試合開始早々六人が一堂に会していた。

どうやら相手チームはフラッグの探索と捜索の二手に分ける前にティア達と遭遇してしまったらしく、驚愕に目を見開いている。

「えっと……これはつまり、まさかの正面衝突ですか？　最初からクライマックスですか？」

あまりに予想外の展開に困惑するアルクエーナ。恐らく観客も彼女と同じ感想を抱いていることだろう。

「そういうことですわ。フフッ、テンションが上がってきましたわぁ」

「……楽しそうだな、ルビィ」

「それはもう最高に楽しいですわ！　久しぶりにティアの本気の戦いを見られると思うとうずうずしますわ！　二人とも、ここからは瞬き厳禁ですわよ！」

＊＊＊＊

「最悪だ……まさかこんなに早く、しかもこんな形で接敵することになるとは思わなかった……」

「フフッ。それはお互い様ですよ」

苦笑いを浮かべる対戦チームのリーダーの男子生徒——西クラスのラッタン・アップルモンド——に対し、ティアリスもまた笑みを浮かべている。だがそれは彼女達に限った話ではなく、レオニダスやアーマイゼを含めたこの場にいる者達全員が等しく困惑していた。

「でもおかげで捜す手間が省けました。フラッグを持って逃げ回るより私はあなた達と戦いたいと思っていましたから」

そう言ってにこりと微笑むティアリス。だがその可憐な顔とは裏腹に、次の瞬間には殴りかかってきてもおかしくはないほど、その身体からは殺気にも似た闘気が溢れ出ている。しかもそれを隠すつもりは一切ない。

「アハハハ……もしかしてユレイナス家のご令嬢様は意外とやんちゃだったりするのか

な？」

「フフッ。人は見かけによらないってことですよ」

言いながらティアリスは腰に差していた剣をスラリと抜いた。普段は温厚で笑みを絶やさない彼女にしては珍しい好戦的な態度にアーマイゼとレオニダスは驚愕する。ルクスとのことをルビディアにからかわれて顔を真っ赤にして照れる時とはまるで別人だ。

「ユレイナスさんがそこまで言うとは思いもよらなかったな。もしかして例の兄弟子の特待生君の影響か？」

「はい、その通りです。ルクス君に不甲斐ないところを二度も見せるわけにはいきません。ですので会ってばかりなところ申し訳ありませんが早々に勝負をつけさせてもらいますよ」

「ハァ……やっぱりそうなるか。だけど〝はい、わかりました〟と白旗をあげたりはしないぜ！」

噴きあがる新緑の魔力の奔流。突風が巻き起こり、それはさながらラッタンの激情を表しているかのように荒々しく強大なものだった。

「レオニダス君、アーマイゼ君。ここは私に任せてもらえませんか？　この方達の相手は私一人でします」

「い、いくら何でもそれは無茶だよ、ティアリスさん！　キミの実力はわかっているけどここは協力して――ぐえっ⁉」

三人で相手をしよう、そうアーマイゼが口にしようとしたところで首根っこを摑まれてカエルが潰れたような声を出す。

「いきなり何をするんだ、レオニダス⁉」

「お前の気持ちも言いたいこともわかるが、ここは大人しくティアリスさんに任せようぜ。むしろ下手な援護は足手纏いになりかねねぇよ」

「もう、いくらなんでも足手纏いとまでは言いませんよ。二人にはこの次の試合で頑張ってもらうつもりなので、力を温存しておいてほしいだけなんです」

この戦いの次の相手はルクス達。いつも澄ました顔でいる兄弟子と常に自信満々で優雅に佇む親友の鼻っ柱をへし折ることが、魔導新人祭におけるティアリスの優勝に次ぐ秘かな目標だった。

「言ってくれるじゃないか、ユレイナスさん。俺達三人を相手に力を温存して勝つつもりか？　いくら四大魔術名家筆頭とはいえ、いつからそんなに傲岸不遜になったんだ？」

「いつから？　おかしなことを言うんですね。そんなの決まっているじゃないですか――最初からですよ」

その言葉と同時にティアリスの背後に浮かび上がる四色の円陣。それらが発している魔力は世界を構成する原初の属性にしてその頂点。

「——四色展開【原初の女神（プリマメント）】」

轟々（ごうごう）と燃える気高き火。

恵みもたらす静かな水。

頂きより吹く麗しの風。

大地を揺らす力強き土。

人類が思わずその場に跪（ひざまず）いて頭（こうべ）を垂れたくなるほどの神々（こうごう）しいオーラを放ちながら、それらを統（す）べるティアリスの姿はまさしく世界を始めた女神そのもの。会場にいる誰もが圧倒されて言葉を失う。そしてそれは対戦相手の三人も例外ではない。

「ぼぉーっとしていていいんですか？　動かないと終わっちゃいますよ？」

「——っく⁉　散開しろ！」

「遅いですよ。【始まりは一つ（プリマメント・シングル）——火（ファイア）】」

慌ててラッタンが叫ぶが時すでに遅く。

ティアリスの言葉と共に真紅の円陣が煌（きら）めき、無数の火弾——火属性第三階梯（かいてい）魔術《イグニス・バレットフレア》——が射出される。

「――ッくぅ⁉」

直撃こそ免れたものの爆風に肌がチリチリと焼けるような痛みを覚えるラッタン。しかし彼の二人の仲間は先の攻撃で戦闘不能になってしまった。油断はしていなかっただろうが、まさか不意打ちで第三階梯の魔術が飛んでくるとは予想だにしなかった。

「まさかそれがあなたの……いや、ユレイナス家の一子相伝の魔術なのか？」

「さぁ、それはどうでしょうか？　それに戦いの最中に自らの手の内を嬉々として語るようなお人よしに私が見えますか？」

「……それもそうか。ちなみに教えてくれるとは思っていないけど、赤以外の三つと同時に魔術を放てるなんて言わないよな？」

「フフッ。もちろんそれは……禁則事項です」

戦場には似つかわしくない可憐な笑みで答えるティアリスにやれやれと肩をすくめて嘆息するラッタン。たった一撃で圧倒的不利な状況に陥ったが、それでもまだ彼は諦めていなかった。

「一子相伝の強力な魔術。それ故に維持には膨大な魔力が必要なはず。なら逃げに徹して私の魔力切れを狙う。そんな風に考えていますね？」

「…………」

ラッタンは何も答えず、腰を落として離脱できる隙を窺う。ティアリスの指摘は正しい。仲間は失ったがこの場を脱してフラッグを確保することができればまだ勝機はある。

沸き起こっていた歓声はいつの間に止んでおり、会場はしんと静まり返っていた。たった一度の攻防で観客達は直感的に理解しているのだ。次の激突で勝敗が決する可能性があると。

「風よ、剣となりて突撃せよ《ヴェントス・グラディウス》！」

「【始まりは二つ――土・火】！」

動いたのはほぼ同時。土色と火色の円陣が輝き魔術が起動する。

けれどほんのわずかに早くラッタンの魔術が発動し、新緑色の大剣がティアリス目掛けて疾走する。

「――なっ⁉」

必殺にはならずとも当たれば隙はできるはず。だが裏を返せばどんなに速く鋭い攻撃だったとしても当たらなければ何の意味もない。すなわち、ラッタンの魔術は大地を幾重にも固めて束ねて生み出された盾によっていともたやすく防がれた。

驚愕し、動揺し、それでも走り出すラッタン。だがその判断はあまりに遅すぎた。彼がこの場からの遁走を成功させるためには魔術を放つべきですらなかった。

「《イグニス・エクスプロード・ブレイドレイン》」

天より炎剣が豪雨のように降り注ぎ、ラッタンを囲むように突き刺さり逃げ場を奪う檻となる。

パチンッ、とティアリスが指を鳴らすと炎剣が一斉に爆発し、幻の木々諸共ラッタンは真っ赤な炎に包み込まれた。その結果、彼がどうなったかは言うまでもない。

『試合終了！　勝者、ティアリス・アーマイゼ・レオニダスチーム！』

「「「うおおおぉぉぉぉぉぉぉぉぉぉぉぉぉぉ――――‼」」」

学園長の宣言と同時に再び観客席から地鳴りのような歓声が沸き起こる。

こうして魔導新人祭の開幕戦は、これ以上ないくらいド派手な一撃で幕を下ろしたのだった。

＊＊＊＊

「なぁ、ルビィ。一応聞くけどあれがティアの本気なのか?」

モニターに映し出されている、満面の笑みを浮かべて観客席に向かって手を振っているティアを観ながら、俺は隣に座っているルビィに恐る恐る尋ねた。

「はい。あれがティアの――ユレイナス家始まって以来の天才と呼ばれているあの子の、魔術師としての本気ですわ。久しぶりに見ましたがやはり凄(すさ)まじいですわね……」

感嘆に声を震わせながら食い入るようにモニターを見つめるルビィだが、その口元は獲物を見つけた狩人(かりゅうど)のように獰猛(どうもう)に歪(ゆが)んでいる。

「四属性の魔術を一小節で発動できる円陣を展開する、ユレイナス家一子相伝の魔術。それが【原初の女神(プリマメント)】ですわ。ただ展開中に発動できるのは彼女が現在会得(えとく)している四属性の魔術のみという欠点はありますが……」

「それは欠点とは言わないだろう……」

確かにそうですわね、と苦笑するルビィ。

映像で確認した限りではティアは第五階梯まで使うことができるようだ。それだけですでに彼女は一流の領域に足を踏み入れていると言えるが、長い呪文を唱えることなく行使できるとなれば話は別。今すぐにでも王国最強に名を連ねても不思議じゃない。

「あと強いて挙げるとするなら消費する魔力が莫大(ばくだい)という点ですわね。ただティアの保有魔力なら五分は維持が可能なので、長期戦にならなければ関係ありませんわね」

「そこに師匠から教わったアストライア流戦技もあるのか。四大魔術名家最強と言われるだけのことはあるな」

こうして改めて考えるとおとぎ話に出てくる悪役も戦わずに白旗を揚げたくなるレベルの才能の持ち主だな、ティアは。ダベナント何某に何故負けたのか不思議なくらいだ。

「言っておきますが、〝雷禍の魔術師〟は相手が悪かっただけですからね？　いくらティアでも【アルシエルナイツ】に匹敵する実力者が相手では【原初の女神】を発動する前にやられてしまいますわよ」

「……よく俺が考えていることがわかったな」

「顔にありありと書いてありますわよ。まぁあの時のティアは頭に血が上ってもいたので負けたのは仕方のないことですわ。ただ少しでも冷静だったら……結果は違っていたかもしれませんわね」

「あ、あの……お話し中のところ申し訳ないのですが、あれだけすごい魔術を浴びたお相手のチームのみなさんは大丈夫なのでしょうか？　普通なら死んでしまいますよね？」

王女様らしからぬ恐る恐るとした様子で尋ねてくるアルクエーナ。ティアの魔術に気を取られていたのですっかり忘れていたが、確かに第五階梯魔術を真正面から食らったらひとたまりもない。

「あぁ、その点は問題ありませんわ。幻術と一緒にあの闘技場には便利な結界が張られていて、一定以上のダメージを負ったら強制的に退場させられるようになっているのですわ。そしてダメージを肩代わりしてくれるのが――」

そう言ってルビィが指差したのはアルクエーナが胸元に着けている校章。これは魔導新人祭に出場する生徒達に配られたもので、必ず身に着けて試合に出るように言われていた。

「その校章は学園長の魔導具で、致命傷までのダメージを肩代わりしてくれる特別製ですわ。学園長の幻術とセットでないと効果を発揮しないのが玉に瑕な代物です」

「いやいや、十分すぎるだろう。というかそんなすごいものだって誰からも説明がなかったのはどうしてだ？」

「それはもちろん二人のように何も知らない観客を驚かせるためですわ。ちなみに開幕戦が終わった後にネタ晴らしをするのが恒例行事になっていますわ」

ルビィの言う通り、モニターからは悪戯が成功した子供のような弾んだ声で学園長が魔導新人祭の安全面について説明していた。ロディアやその仲間達もピンピンしており、笑顔で手を振っているので本当にダメージはないようだ。

「そういうわけなのでルクス、相手がティアでも心置きなく全力で戦ってぶちのめしてくださいまし！」

「ぶちのめすって……もちろん全力は出すけどまさかティアの本気がここまでとは思っていなかったから勝てるかどうか怪しいぞ？」

授業で手合わせして把握している実力はすべて忘れて、師匠と戦うくらいのイメージで挑まないと勝てる気がしない。

「何を弱気なことを！　私達が勝てなかった極悪非道の外道、〝雷禍の魔術師〟を倒したのは他でもないルクスではありませんか！　自信をもちなさい！　最悪相打ちに追い込んでくれさえすれば後は私が何とかしますわ」

「でもルビディアさん、もしルクスさんとティアさんが相打ちになったらアーマイゼ君とレオニダス君の二人を相手にしないといけなくなりますけど……大丈夫なのですか？」

「ご安心ください、アルクエーナ様。アーマイゼさえ倒してしまえばレオニダスの一人や二人、私の手にかかればちょちょいのちょいですわ！」

オッホッホッと胸を反らして自信満々に笑うルビィ。本人が聞いたら額に青筋を立てて激昂(げきこう)しそうな言い草だな。対戦相手とはいえ、この辺でレオには是非とも一矢(いっし)報いてもらいたいものだ。

「さて、雑談はこの辺りにして対ティア戦について、幾度となく手合わせしている私が色々伝授してさしあげましょう！」

　そこまで言うならルビィが戦えばいいんじゃないか、と俺とアルクエーナは顔を見合わせながら苦笑いを零すのだった。

＊＊＊＊

　順調に試合は進み、ようやく俺達の初陣の時がやって来た。だというのに闘技場に向かうべく控室を後にしてからというもの、アルクエーナの表情は強張っており、身体もガチガチになっていた。誰がどう見ても緊張している。

「そんなに硬くならずとも大丈夫ですわよ、アルクエーナ様。私の後ろでドシッと構えていてくださいまし」

「あ、ありがとうございます、ルビディアさん。人前で戦うのはこれが初めてなので今にも心臓が口から飛び出そうです」

「リラックスしてくださいな。ステージが見晴らしのいい草原とかでもない限り、アルクエーナ様が戦闘に巻き込まれる可能性はありませんから」

そう言ってオホホホッと笑うルビィだが、始まる前にそんなことを口にして本当に草原ステージになったらシャレにならないぞ。

「……ルクスさん、私なんだかとっても嫌な予感がしてきました」

「奇遇だな、アルクエーナ。俺も今ちょうどものすごく嫌な予感が頭に浮かんだところだ」

とは言うものの、俺の役目はティアの足止めなので遮蔽物のない草原ステージは最も戦いやすい。それにルビィ達も奇襲を警戒する必要がないので決して悪いことばかりではない。

「まったく……試合直前に何を弱気になっているのですか！　仮にどんなステージであろうとも私達に敗北の二文字はありませんわ！　そうですわよね、ルクス？」

「もちろん。どんなステージになっても、たとえ相手がティアだとしても勝って決勝に進むのは俺達だ」

「その通りですわ！　さぁ、気合い入れていきますわよ！　アルクエーナ様は大船に乗ったつもりでいてくださいまし！」

「はい！　ではお言葉に甘えて背中に隠れてふんぞり返らせていただきます！」

ぐっと拳を作って力強く宣言するアルクエーナ。内容は王女としては情けない気はするが、まぁお姫様はそれくらいがちょうどいい。

なんて決意を新たにしながら俺達が決戦の場へと足を踏み入れたその瞬間。満員の観客席から魂が震えるような熱気と歓声が降り注ぎ、言葉を失い呆気にとられる。この大勢の観衆の中で戦うのはさすがに緊張するな。

「フフッ。調子はどうですか、ルクス君？」

「あいにくと絶好調だよ。そういうティアこそ調子はどうだ？　ロディアとの戦いで使った魔力は回復しているか？」

「はい、問題ありません。ルクス君と全力で戦える程度には回復していますから。五分くらいルクス君より強くいられる自信はあります」

初めて路地裏で会った時以上に自信ありげにティアは言う。だが一度本気の姿を見た後では決して大言壮語などではないとわかっている。

「ルクスとの勝負を楽しむのは結構ですがこの試合がフラッグ争奪戦であることを忘れているようですわね、ティア」

「心配してくれてありがとうございます。ですが何も問題ありません。アルクエーナ様を守りながら戦わないといけないルビィを倒すのは、アーマイゼ君とレオニダス君なら造作もありませんから」

そうですよね、とティアは後ろに控えている二人に声をかける。それに応えるように自信満々に頷く彼らを見て、ルビィの瞳に激情が宿る。単純かつわかりやすい挑発だが猪突猛進なルビィには効果覿面だな。この怒りがいい方向に転がってくれればいいが、冷静さを欠くようなことになったら少し危険か。

「フフッ。よそ見をしたらダメですよ、ルクス君。私との勝負に集中してくださいね？　じゃないと……怒っちゃいますよ？」

「安心してくれ。俺も戦いの最中によそ見する暇を与えるつもりはないから」

言いながら俺は腰に差している剣の柄に手をかける。たとえ相手が妹弟子で四大魔術名家筆頭のお嬢様だとしても今日ばかりは手加減はしない。

「フフッ。ようやくルクス君と本気で戦えますね。この日を心待ちにしていました。今日こそぎゃふんと言わせてみせます！」

ふんすと息巻くティアの姿が妙に可愛かったので思わずほっこりとした気持ちになって頬が緩む。

「おいこらルクス！　いくらティアリスさんが可愛いからってこれから僕達は真剣勝負をするんだぞ⁉　だらしない顔をするんじゃない！」

「落ち着け、アーマイゼ。ティアリスさんの可愛い顔をルクスに独り占めされたからって嫉妬丸出しにするな。みっともないぞ？」

「これは僕とルクスの問題なんだ！　レオニダスは黙っていてくれ！　あとみっともなくなんてないからな！」

「いやいや……現在進行形で大勢の観客の前で恥をさらしていることに気付いてくれ、お願いだから。そろそろ俺も恥ずかしいから」

レオの悲痛な叫びも虚しく、アーマイゼは頬を膨らませながら殺気の籠った視線を俺に向けてくる。それにしても王城で一緒に訓練したおかげかまるで兄弟のように二人の息がぴったり合っていて面白い。なんてことを口にしたら今度はレオまで怒りそうだから胸にしまう。

そんな緊張感のかけらもないやり取りをしていると突如闘技場全体が輝き出した。いよいよ試合が始まるらしい。そしてこれから戦う問題のステージだが、

「これは……どこからどう見ても草原だな」

燦々と輝く太陽に見渡す限りの大草原。ふわりと吹きつける心地のいい風が運ぶ草木の香りに心が穏やかになる。これから戦うには似つかわしくないステージが目の前に広がり、俺達だけでなく観客もみな驚愕して息を呑んでいる。

「選ばれたのは草原ステージ。肝心のフラッグは丘の上。ということはつまり——」

「「先にフラッグを手にした方が俄然有利、ということですわね」」

ティアとルビィの声が重なった。俺達から見て左側にポツンとある丘の頂上にラスベート王国の国旗が刺さっているのが見える。最後にあれを手にしていた方の勝利となるが、

「丘の上に陣取り、地の利を得ることができればその時点で八割勝敗は決したと言っても過言ではありませんわ」

「とどのつまり、最初はスピード対決ですね」

みんなで仲良く頂上目指して走るか、それとも妨害に人員を割くか。こっちにはアルクエーナがいる以上、ティア達はこっちの出方を確認してから動き出しても十分間に合うはず。そうなると俺達が取れる選択肢は限られてくる。

「どうしますか、ルクス？　作戦を変更して初手はあなたが先行してフラッグの確保に向かいますか？」

「いや、それは却って悪手だな。俺が一人でフラッグを取りに行けばティア達は確実に三人でルビィ達を倒しに来る。そして二人が倒されたらいくら俺でも勝てる可能性は限りなくゼロだ」

「ですがティアリスさん達にフラッグを先に奪われても勝てる可能性は限りなくゼロですよね？　ルクスさん、何かいい案はあるんですか？」

不安げな表情で胸に手を当てながら尋ねてくるアルクエーナ。珍しくルビィも弱気になっているのか眉を顰めている。

「らしくないな、ルビィ。これから戦うのになんて顔をしているんだ？　作戦は変わらない。二人はフラッグ目指して全力で走ってくれ。大丈夫、俺を信じろ」

「……わかりました。あなたを信じますわ、ルクス」

「ルクスさんを信じて走る。フフッ、とってもわかりやすくていいですね！　私、頑張ります！」

落ち込んだり元気になったり忙しいな。まぁそれくらいプレッシャーを感じている証拠か。相手がライバルのティアなら尚更か。

「そろそろ試合が始まりますけど作戦会議は終了しましたか？　私達に勝ついい方法は思いつきましたか？」

「口調が完全に悪役になっていることは置いておくとして……おかげさまでとびきりの案を思いついたよ。ティア達もきっと驚くと思うぞ？」

「それは何よりです。でもルクス君の相手は私だということを忘れずに」

言いながら口元に獰猛な笑みを浮かべるティア。まったく、普通に笑っていれば可憐な花なんだから殺気は込めないでほしい。

「もちろん。最初から全力で相手をしてやるよ」

「フフッ。ルクス君もそういう顔ができるんですね。それなら遠慮なく、私も全力でいかせていただきますっ！」

そうティアが声を張りあげた瞬間、試合開始の宣言がなされた。

沸き立つ歓声に背中を押され、六人全員が一斉に動き出す。

ルビィとアルクエーナが丘を目指して全速力で駆け出し、アーマイゼとレオの二人も反対側からフラッグを目指して走り出す。そしてティアだけは白銀の剣を煌めかせながら俺に向かって一直線に突進してくる。

対する俺もスルリと静かに純黒の剣を抜きながら腰を落として半身の構えを取る。これから放つ戦技はティアを迎撃するためではない。俺の狙いは――

「アストライア流戦技《天灰之忌火》！」

渦を巻きながら黒剣から噴きあがる炎。それを上段から振り下ろして丘を目指して走り出している二人に向けて解き放つ。

「――ッ⁉ 二人とも止まってください！」

ティアの声に咄嗟に反応した二人はその場から慌てて飛び退く。だがこの業火は行く手を阻むだけにとどまらず、彼らの自由を奪う檻へと変貌する。

「……やってくれましたね、ルクス君。これがあなたの考えた作戦だったのですね」

「作戦なんて立派なものじゃないけどな」

ルビィ達が先にフラッグを取るためには時間稼ぎは不可欠。ティアの相手をしながらでは簡単に突破される。

魔術で牽制(けんせい)することも考えたがそれでは不十分だし、ティアの相手をしながらでは簡単に突破される。かといってこの三人を同時に相手にするのは流石(さすが)の俺でも厳しい以上、取れる手段は強引な足止めしかなかった。

「フラッグどころか地の利も取られてしまった以上、これは私達にとって致命的な出遅れです。やってくれましたね」

「でもこれで誰にも邪魔されることなく心置きなく戦える。それがお望みじゃなかったのか？」

「……それもそうですね。なら早速始めましょうか。ルクス君を倒せばあの炎も消えますよね？」

「さぁ、それはどうかな？　倒してみればわかると思うぞ？」

ティアの軽口に挑発で返しながら俺は剣を正眼に構える。ロディア戦で彼女が見せた【原初の女神(プリマメント)】は確かに脅威だが、発動させなければいいだけのこと。戦技主体で攻めて魔術を使う暇を与えずに倒してしまえば——

「アストライア流戦技《天灰之清火(プロメテウス)》！」

俺が足を踏み出すのに合わせて、まるでお返しとばかりに純白の鋩(へさき)から一筋の真紅の熱線をティアが放つ。

「――ッチ！」

触れたら火傷(やけど)では済まされない閃光(せんこう)。俺は咄嗟に横に飛んで回避するが、その隙にティアは大きく飛び退く。そしてこの間合いは彼女が一子相伝の魔術を発動するには十分すぎる距離だった。

「――四色展開【原初の女神(プリマメント)】」

宙に浮かび上がる四色の円陣に沸き立つ観客達。さすがは我が妹弟子。甘い考えが通用するような相手ではなかったか。とはいえ円陣を起動されるところまでは想定の範囲内。ここからの五分間をどう乗り切るかが勝敗の分かれ目となる。

「今日こそ勝たせてもらいますよ、ルクス君！」

ティアは胸を張って自信に満ちた表情を浮かべるがそこには油断も慢心もない。彼女の挙動から生じるわずかな隙も見逃さないよう、俺は全神経を集中させる。

「【始まりは一つ(プリマメント・シングル)――風(ウィンド)】」

緑の円が輝き、無数の風の刃(やいば)が俺に向かって吹き付けた。迎撃するか回避するか、俺が逡巡している刹那の隙間を縫って、ティアが地を蹴って一気に間合いを詰めてきた。

「アストライア流戦技《天灰之熾火》！」

風刃を回避しているうちに間合いを掌握された。穢れなき白の剣に焔が宿り、口元に獰猛な笑みを浮かべながら容赦なく振り下ろしてきた。

やはりこうきたか。俺は同様の戦技で迎え撃ちながら試合前にルビィと相談したことを思い出す。それはティアが〝雷禍の魔術師〟を相手に【原初の女神】を使えなかった致命的な理由の話。

「その魔術と戦技、同時に使うことができるようになったんだな」

「ルビィから色々話は聞いているようですが、その情報はもう古いです。私だって日々成長しているんです」

魔術を維持するのに使っているのは魔力だけではない。集中力、精神力、それに体力だって必要になる。身体強化系の魔術なら話は別だが、【原初の女神】を発動しながら戦技を使えたら、それはもう師匠の領域だ。

「そんなことよりルクス君。呑気にしゃべっていていいんですか？　私はいつでも魔術を使うことができるんですよ？」

その言葉の意味を瞬時に悟った俺は後方に飛び退くが、逃がさないとばかりにティアの円陣が光り輝く。

「【始まりは二つ——火・風】！」

轟々と燃え盛る炎を巻き込んだ灼熱の豪風が吹く。魔術自体はそれぞれ第一階梯の単純なものだが、それが交ざると威力はその比ではない。

「アストライア流戦技《水明之白雨》！」

水壁に火風が衝突した瞬間、盛大な白煙が噴きあがる。それが残留した風に煽られて草原全体へと広がってしまう。同時にティアの気配も消える。

「視界を奪うことが狙いか？　でもこの程度の煙じゃ何の意味も——まさか！」

気付いた時にはティアは丘に向かって走り出していた。俺に勝つと宣言して切り札の魔術を発動したのにもかかわらず、まさか戦いを放棄するとは思わなかった。

「さすがはルクス君。瞬時に私の狙いに気が付くとはやりますね——と言いたいところですが詰めが甘いです」

「——!?」

ルビィ達の下へ走り出そうと足を踏み出したタイミングで背後から凛とした声が聞こえてきた。慌てて振り返ると目の前に得物を最上段に構えたティアの姿があった。

「アストライア流戦技《天津之科戸風》！」

全てを薙ぎ払う旋風を纏った剣が容赦なく振り下ろされる。さながら神の鉄槌のような
それを受け止めることはタイミング的に不可能だ。

動け。動かせ。反応しろ。全ての魔力を回避と防御に回せ。

前のめりになっている体勢の中、俺は身体が悲鳴を上げるのを無視して思い切り横へ飛び退く。痛みが警告となって全身を駆け巡る。

「──ガハッ！」

斬撃は躱すことができたが俺の身体は烈風に煽られて吹っ飛び、何度も地面に打ち付けられた。このまま意識を手放したい衝動に一瞬駆られるが歯を食いしばり、地面に突き刺した剣を支えに立ち上がる。

「やはりルクス君はすごいですね。完璧に決まったと思ったんですがまさか躱されるとは」

「いや、躱してなんかいないさ。見てみろ、俺の身体はボロボロだろう？」

「そうですね。いつも私がボロボロにされていることを考えればこの結果は十分すぎますね」

苦笑いとともに肩をすくめるティアだが表情からはまだ余裕が感じられる。さて、どうしたものか。円陣の消滅までまだ三分近くある。このまま後手に回り続けたらじり貧なの

は俺の方だ。

「女神の寵愛(ちょうあい)よ、風となってかの者の傷を余すところなく癒(いや)せ――《エオス・アウラ》」

俺の身体に優しくて暖かい風が吹きつける。それがアルクエーナの治癒魔術だと理解した時には身体中にできた傷は何事もなかったかのように癒えていた。

「大丈夫ですか、ルクスさん⁉　生きていらっしゃいますか⁉」

「ルクス、傷を負うことを恐れる必要はありませんわ！　作戦通り、肉を切らせて骨を断つ戦法でティアをのしてしまいなさい！」

学生同士の戦いで命のやり取りをするはずないだろうとか、肉を切らせるってことはまたあの痛みを味わうって意味だから勘弁してほしいとか、二人には色々言いたいことはあるがまずは王女様に礼を言わないとな。

「助かったよ、アルクエーナ。おかげでまだ戦えそうだ」

まさかこうも早く彼女の魔術に頼ることになろうとは。師匠が見ていたら〝この未熟者が〟と怒鳴られていたな。

「なるほど……これがルビィの話していた必勝法なんですね。フフッ、見かけによらず中々酷(ひど)い作戦を立てますね」

「勝つためには手段を選ばない。いいじゃないか、俺は嫌いじゃない」

必勝法と言ってもそんな大層なものではない。要するに万が一俺が致命傷を負ってもアルクエーナの治癒魔術で即座に回復し、相手を倒すまで戦い続けるというものだ。

「ルクス君って時々とんでもないことを考えますよね。でもこれではっきりしました。アルクエーナ様の治癒魔術が優れているとはいえ魔力にも限界があります。そういうことなら——」

「アルクエーナの魔力が切れるまで俺にダメージを負わせ続ける、か？　俺が【原初の女神】が解けるまで回避に徹するとは考えないのか？」

まぁそんな情けないことをするつもりはないが。

「フフッ、ルクス君は嘘が下手ですね。でも確かにそんなことをされたら困るので、そろそろ楽しい第二ラウンドを始めませんか？」

「そうだな。この後決勝戦が控えているからな。さっさと終わらせるぞ」

依然として轟々と炎が燃え盛る戦場で、再び俺達は剣を構える。【原初の女神】に最大限の警戒を払いつつ戦技にも気を配る。

「それじゃ——行きますっ！」

「——来いっ！」

二度目の激突。爆発するような衝撃音を響かせながら地を蹴ったその瞬間。

ドガァァァァアアアァアアアン――――!!

会場の外から爆音と同時にガラスが砕ける甲高い音が鳴り響き、緑豊かな草原と小高い丘の幻術は消滅する。そして息つく間もなく空から突如巨漢が闘技場に乱入してきた。着地した瞬間、さながら隕石が落ちたかのように地面が陥没する。

「希望の光が灯る時間は終わりだ！　ここから先は絶望の時間だ！」

獣のような獰猛な笑みと鎧のような分厚い殺気を全身に纏った狂戦士。その視線は呆然とルビィの隣で立ち尽くすアルクエーナに向けられていた。

「龍の器だけでなく星の聖女までいるとは！　こいつは都合がいい。二人まとめて殺してやろう！」

何者か、と問うまでもなくこの男は敵だ。そう認識した俺とティアは困惑しつつも武器を構える。

学園長の幻術と結界が破られたことで戦技の炎とティアの魔術は消えている。だが消費した魔力と体力は回復し、レオとアーマイゼが加われば如何にこの男が危険でも負けるはずがない。

「カッカッカッ！　小童どもにしては中々心地のいい殺気を向けてくれるじゃねぇか！歯向かうというなら容赦はしない。まとめて殺して――」

殺してやる、と巨漢が言い切る前に闘技場に新たな参加者――黒い外套に身を包んだ怪しい集団と王室親衛隊――が乱入してきた。

「終焉教団がどうしてここに⁉　警備は⁉　それになんで王室親衛隊が一緒にいるんだ⁉」

「……王室親衛隊も味方ではない。ということですか」

アーマイゼの悲痛な叫びにティアが声を震わせながら絞り出すように答えた。

そしてこの瞬間、熱気と興奮に包まれていた魔導新人祭は一転して恐怖と混乱が支配する狂宴へと変貌した。

第8話　この戦いは誰がため

「落ち着け！　慌てず状況の確認と観客の避難誘導を行うように！」

会場の外で爆発が起きてすぐ、ロイドは自身も混乱しつつも学園長の指示でＶＩＰ室を素早く飛び出して観客席で誘導の陣頭指揮を執っていた。

観客の大半は学園の生徒、もしくは魔術に携わる者達なので、困惑こそしているがパニックに陥る者は少なかった。けれどこの先に何が起きるか予断を許さない。

「クソッ！　まさか魔導新人祭を狙ってくるとは！　終焉教団の狙いはやはりルクスか？それとも王女殿下か？」

闘技場に視線を向けた黒服の戦闘員達が一斉に深紅の魔力を立ち上らせているのを見て、どちらにしても最悪だと悪態を吐く。

「あれがカレンの話していた、教団の作ったという禁忌の薬か。本当に命を代償に【アルシエルナイツ】に匹敵する力を得ていたとしたらルクス達だけでは……！」

「ロイド先生！　一体何が起きているんですか⁉」

思考の海に潜っていたロイドを現実に引き戻したのは同僚の魔術教師の声。担当している学年が違うので話す機会はあまりないがさすがに焦燥している。その気持ちは痛いほどわかるが、残念ながら質問に対する答えをロイドは持ち合わせていない。

「見ての通りだ。現在ラスベート王立魔術学園は終焉教団の襲撃を受けている。理由はわからないがね」

「それなら早くアルクエーナ王女殿下を助けに行かなければ！」

「落ち着きたまえ。そうしたいのは山々だが、まず私達がやるべきことは観客を安全に避難させることだ。下は……悔しいが生徒達に任せるしかない」

言いながらロイドは唇をギュッと噛みしめる。それは同僚の教師も同じ。

王女も大事だが国民である観客や生徒もまた、ラスベート王立魔術学園の教師として守るべき者達に他ならない。

「た、大変です、ロイド先生‼」

そんな中、つい先ほど会場外への観客達の避難誘導を任せた学園職員が慌てた様子で戻ってきた。

「すでに大変なことになっているが、今更何かあったのかね？」

「お、王室親衛隊が……王室親衛隊が裏切りました！　この襲撃の主犯は王室親衛隊です！」

職員が衝撃の事実を口にしたのとほぼ同時に学園長達がいるＶＩＰ室から爆音が鳴り響いた。本当に何が起きているんだと感情をそのまま声に出したい衝動を理性で抑え込んでそちらに目を向けると、

「あれは……エマクローフ・ウルグストンか！　学園のことを知り尽くしたあの女が手引きしたのか！」

「どういうことですか、ロイド先生⁉　何故エマクローフ先生が終焉教団と一緒にいるんですか⁉」

「申し訳ないがその説明をしている時間も余裕もない。そんなことより問題なのは王室親衛隊がこの襲撃の首謀者だということだ！」

王国どころか世界で最も強い魔法使いと【アルシエルナイツ】のカレン、学生の身で四家の当主を務めるヴィオラがいるあの部屋を、たった一人で襲撃するのはいくらエマクローフでも自殺行為。

彼女の狙いは何一つ理解できないが、今ロイドが確認しなければいけないことは職員からもたらされた情報の方だ。あちらの部屋は気にしても仕方がない。

「私にもわかりません……ただ観客を誘導していたら突然襲われたんです！」

「取り乱してすまなかった。キミは状況を伝えるために戻ってきたと言っていたが、一緒に向かった教師は何をしている？」

職員に八つ当たりしてどうする。魔術師とはいえ学園の職員は教師と違って実戦経験はほとんどない。

「は、はい……マックール先生が観客の中にいた魔術師と一緒に戦いながら避難を続けています。私は彼に言われてロイド先生に報告を……」

「そうか。ありがとう。キミのおかげで状況がいち早くつかめた。これから私が救援に向かう！」

「それなら私はこの場に残って避難の指揮を執ります。ロイド先生、ご武運を」

「よろしく頼む。万が一の時はルクス達を頼む」

できることなら担任として今すぐ助けに行ってやりたいところだが後回し。教え子達を信じろ。ロイドはそう自分に言い聞かせながら同僚の下へと急ぐのだった。

＊＊＊＊

「こんなに早く再会できるなんて思わなかったよ、エマクローフ先生。もしかして私に会いに来てくれたのかな？」

突如闘技場の外で謎の爆発が起き、ロイド先生が状況確認のために部屋を飛び出した直後のＶＩＰ室。そこに何食わぬ顔でやって来た見知った人物に、アイズは口元に笑みを浮かべながら声をかけた。

「お世話になった恩師にお別れの挨拶ができなかったのが実に心残りだったので会いに来ました。と言ったらカレンさんに殺気を抑えるよう説得していただけますか？」

「中々嬉しいことを言ってくれるじゃないか。カレン嬢の説得は任せてくれたまえ。と言いたいところだけど、その前に何故こんな馬鹿げたことをしでかしたのか説明してもらえるかな？」

「何を悠長なことを言っているんですか学園長。この女はせっかくのお祭りを台無しにした敵ですよ？　理由を聞く前に一発ぶん殴るのが筋じゃないですか？」

額に青筋を立てながら指をポキポキと鳴らすカレン。いつ腰に差している刀に手をかけて斬りかかってもおかしくはない怒気を身体から発している。

「まぁまぁ、気持ちはわかるけど落ち着きなさい。いくらエマクローフ先生が強くても一人で私達のところに来るわけがないだろう？　まぁだいたいの予想はついているけどね」

「ウフフッ。さすがはアンブローズ学園長。もしかして万が一襲撃があった場合、自分が狙われるかもしれないことは予期していましたか」

「当然さ。学園を襲撃するとなればこの間と違って私は自由に動くことができるからね。そうなったら困るのはキミ達と王室親衛隊のみんなだろう？」

　事ここに至ってもアイズに一切動じた様子はない。むしろ楽しんでいる節すらある余裕ぶりにカレンは呆れて肩をすくめる。

「古い言葉に可愛い子には旅をさせよとあるしね。こういう状況を乗り越えてこそ人は成長するものなんだよ。それはルクス君達生徒に限らずね」

「フフッ。今の話をロイド先生が聞いたら顔を真っ赤にして怒り出しそうですね」

「ロイド先生も私の可愛い教え子だからね。成長できる機会があるなら積極的に背中を蹴飛ばしてやらないとね」

　もしロイドが聞いていたら〝ふざけるな！〟と怒鳴りそうな会話をする二人。呑気に世間話をしているが、その実部屋の空気は弛緩するどころか加速度的に緊張が増している。まさに狸の化かし合いだ。

「そろそろ話は終わりにしましょうよ、学園長！　さすがにこれ以上はルー君やアルちゃんが危険です！」

「ウフフッ。せっかちなのは嫌われますよ、カレン・フォルシュ。でも確かにあなたの言う通り、そろそろ私もお仕事を始めないとルーガルー卿に怒られてしまうわね」

不敵な笑みを口元に湛えながらパチンッ、とエマクローフが指を鳴らすと、アイズの身体に光り輝く鎖のようなものが巻き付いた。

「なるほど、エマクローフ先生が一人で来た理由はこれか。まったく、あの馬鹿弟子はいつまで……」

「——学園長⁉」

「問題ないよ、カレン嬢。それよりキミはルクス君達のところへ。今の彼らじゃあの男の相手をするのはちょっと厳しいから助けてあげてくれたまえ」

頼んだよ、とキラッと煌めくウィンクを残してアイズは背後に発生した光の穴に吸い込まれるようにVIP室から姿を消した。

「学園長をどこにやった、エマクローフ・ウルグストン⁉」

「ウフフッ。アンブローズ学園長にはちょっとした異空間に飛んでもらったのよ。あの人がいたんじゃ作戦は始める前から失敗だから。でも安心して、大した場所じゃないから」

「——その異空間とやらに学園長をどのくらい封じ込めておけるの？」

口を開いたのはこの場においてある意味異物のヴィオラ・メルクリオだった。彼女は無表情でじっと闘技場を見つめている。その不気味さにうすら寒さを覚えながらエマクローフは答える。

「……そうね。せいぜい小一時間といったところでしょうね。それが何か？」

アイズ・アンブローズを一時間も封じる術があることにカレンは内心驚愕するが、メルクリオ家の現当主は興味なさげな様子。

「いいえ、別に。私はあなたがやろうとしていることに口を出すつもりはないわよ。思う存分、好きなようにやるといいわ」

「……あなた、どこまで視えているの？」

目の前にいる少女が神様のように見え、何もかも見透かされているかのような感覚を抱いたエマクローフの声が自然と震える。

「さぁ、どこまででしょう？　それに答える義理はない。ただ特別に一つ忠告してあげましょう。目的を達成したければルクス・ルーラーを含め、姫を守る騎士達をどうにかしないとね？」

あの男だけでは力不足よ、と付け足すヴィオラ。その視線の先にあるのは、空から結界を破壊しながら舞い降りた巨漢。それに相対するのはルクスとティアリスを含めた四人の若き魔術師。その背中を心配そうに見つめるアルクエーナ第二王女とルビディア。

「あの男がどこまでやるかわからないけど、このままではせっかく学園長を封じても作戦は上手(うま)くいかないのではなくて？」

「ウフフッ。そうね……さすがのルーガルー卿でも少し劣勢ね。ご忠告痛み入るわ、メルクリオ家当主殿。でも安心してちょうだい。ちゃんと援軍は用意してあるわ」

エマクローフがそう言うのと同時に、闘技場に純白の外套(がいとう)を纏(まと)った者と黒のローブを纏った集団とともに王室親衛隊の隊員達が雪崩(なだ)れ込んできた。

「あれは王室親衛隊？　どうして彼らが終焉(しゅうえん)教団と一緒にいるのよ⁉」

「簡単よ、カレン・フォルシュ。王女暗殺未遂から始まった一連の事件を企てたのが他でもない王室親衛隊だからです。そして教団と繋(つな)がっているのは――」

「――アルちゃん！」

全てを悟ったカレンは闘技場に飛び降りるべく窓へと駆け寄る。だが無防備に背中を晒(さら)したのをエマクローフは見逃さない。

「易々(やすやす)と王女の下へは行かせないわよ、【アルシエルナイツ】」

「姫の危機にはせ参じる従者の邪魔をするなんて無粋ね？」

エマクローフは部屋そのものを現実世界から隔離する結界を発動しようとしたが、ヴィオラが無詠唱で放った魔術によって阻止される。

再度構築を試みたが時すでに遅く、現役最強の魔術師が戦場に降り立った。

「……やってくれたわね、ヴィオラ・メルクリオ。まさか私の本当の仕事がカレン・フォルシュの足止めだとみて、それを邪魔するためにこの場に来たのかしら？」

「さっきも言ったけれど、あなたの質問に私が答える義理はないわ。さて……それじゃあなたの出番まで少しお話でもしましょうか。お姫様思いの裏切り者さん？」

＊＊＊＊

「そんな……皆さんどうしてこんなことを……！」

「お気を確かに、アルクエーナ様！」

終焉教団と王室親衛隊が手を組んで闘技場に入ってきたのを見たアルクエーナが愕然（がくぜん）とした様子で膝をつく。

「……ルクス君、この状況をどう見ますか？」

会場の外からひっきりなしに派手な爆発音が聞こえてくる中、巨漢に注意を配りながらティアが小声で話しかけてきた。

「最悪を通り越して地獄だな。巨漢だけならまだしも、あの数の教団と王室親衛隊の魔術師を相手にしながらアルクエーナを守るのは不可能だ」

それに彼らはみなあの薬――王城で戦った隊員が使用した、命を代償に己を強化する劇薬――を持っているだろう。あれをこの場にいる全員に使われたらひとたまりもない。

「アルクエーナの避難を優先しよう。俺が奴(やつ)らを引き付けるからその隙にティア達はこの場を離れるんだ」

「馬鹿なことは言わないでください、ルクス君！　私も一緒に戦います！　あなた一人に全てを背負わせたりはしません」

「ティアリスさんの言う通りだ！　ラスベート王国四大魔術名家に生まれた以上、王女様を守る義務がある！　それをキミ一人に押し付けて逃げるようなことは絶対にしない！」

ティアの言葉にアーマイゼも同調する。レオも当然だと言わんばかりにやる気満々の顔をしている。気持ちは嬉しいがこれでは全員犬死にしかねない。

「カッカッカッ！　青臭くて小っ恥ずかしい、中々素晴らしい友情を見せてくれるじゃないか。だが誰のせいでこんなことが起きているか知らない時点で茶番以外の何物でもないがな！」

そう言って巨漢は腹を抱えて大笑する。隙だらけなのに不用意に斬りかかれば逆にねじ伏せられる、そんな圧を感じて動けない。恐らく以前戦ったダベナント・キュクレインより強い。

「さて、面白いものを見せてもらったお礼に俺から一つ提案をしよう。大人しくそこにいる龍の器と第二王女をこちらに渡せ、ティアリス・ユレイナス。そうすればお前達だけではなく、この場にいる全員の命を助けてやる」

「……言っていることの意味がわかりませんね」

「人の厚意は素直に受け取っておくものだぞ？　二人の命で大勢を救えると言っているんだ。それともまさか、ラスベート王国四大魔術名家筆頭のユレイナス家の人間でありながら、正しい選択がわからないのか？」

「この外道が！　こんなことをしておいて今更助けるなど、どの口が言うか！　ルクス君とアルクエーナ様は絶対に渡しません！」

「――よく吼えた、ティアリスちゃん！」

聞き慣れた声と、鳴り響くガッシャァァンッというガラスを突き破る音。絶望的な戦場に王国最強の魔術師が舞い降りた。

「カ、カレンさん！　来てくれたんですね！」

これ以上ない頼れる援軍の登場にアルクエーナの顔に光が戻る。けれどそれは俺やティアも同じ。カレンさんがいればこの状況はいくらでも打開できる。

「当然だよ、アルちゃん。なにせ今の私は【アルシエルナイツ】である前にラスベート王国第二王女、アルクエーナ・ラスベートの護衛だからね」

いつものようにどこか緊張感のないおどけた態度でウィンクを飛ばすカレンさん。だが今はそれがとても心強い。

「待たせて悪かったね、ルー君。ちょっとゴタゴタがあって来るのが遅れちゃったよ」

「いえ、これ以上ないくらい最高のタイミングですよ、カレンさん」

「ヒーローは遅れてやって来るものだからね！　ちゃちゃっとルーガルー何某もろとも全員片付けてアルちゃんを安全な場所に避難させようか」

そう言いながら腰からスラリと刀を抜くカレンさん。一切淀みのない洗練されたその動作に思わず見惚れてしまう。

「また貴様か、カレン・フォルシュ。一度ならず二度までも俺の邪魔をするとは……！やはりあの時きっちり殺しておくべきだったか」

巨漢――ルーガルーという名前なのか――がカレンさんに瀑布のような殺気を向けるが当の本人は、

「ハッハッハッ！　寝言は寝ている時に言うから寝言って言うんだよ？　起きている時に言ったらそれはただの妄言だよ？」

「カ、カレンさん!?　どうしてそこで煽るようなことを言うんですか!?」

慌ててツッコミを入れるティアに対してカレンさんはどこ吹く風とばかりに膝を叩いて笑い続ける。一歩間違えれば即全滅もありえる状況で敵の大将を挑発するのはいくら何でもやりすぎだ。

「そもそもあの男は一体何者なんですか、カレンさん？」

「あいつはルーガルー・カルリーク。終焉教団に存在する七人の幹部【七罪導師】の一人だよ。確か〝憤怒〟担当だったかな？」

ちなみにエマクロープは〝嫉妬〟の担当だよ、と付け足すカレンさん。教団の幹部がどの程度の脅威なのかはわからないが、少なくともカレンさんと同程度の実力を有しているのは間違いないだろう。

「でもまぁ私達の相手じゃないから問題ないよ。ティアリスちゃんは集中して、ルー君はアルちゃん達のところへいつでも走れるように準備しておいて」

そう言って刀を正眼に構えるカレンさん。挑発的な態度とは裏腹に油断はしていないようで一安心だ。同時にこの人が何を狙っているのかもおおよそ見当がついた。

「……逃がすと思うか？」

どうやら気付いたのは俺だけではなかったようだ。ルーガルーが魔力と殺気をみなぎらせながらジリッと詰め寄る。

「逃げる？　さっきから愉快なことばかり言うね。自分より弱い敵を前にして逃げるって選択肢があると思うの？」

「……よく言った。なら全員まとめてここで殺す。そしてカレン・フォルシュ、貴様は最後に殺してやろう。守りたい者達が目の前で死んでいく地獄をじっくりと味わわせてやろう！」

趣味が悪いね、と呆れ交じりに呟くがその瞳には激情が宿っていた。同時に隠し切れない殺気が身体から漏れ出している。ルーガルー何某は虎の尾を踏んだらしい。

「……私が退路を開く。ルー君達はアルちゃんと一緒に今すぐここから離れて」

「でもカレンさん。一体どこへ逃げたらいいんでしょうか？　敵が外にも展開している可能性もありますし、安全な場所はどこにもないんじゃ……」

依然として魔術を維持しながら、しかし不安げな声で尋ねるティア。確かにここから移動して別の敵と遭遇するくらいなら、カレンさんと一緒にこの場にいる敵を倒し切ってしまった方が安全な気はする。

「心配ないよ、ティアリスちゃん。この学園で一番安全な場所なら私が教えてあげるから。まぁ本当はアンブローズ学園長がいるＶＩＰ室に行くのがいいんだけど、生憎とあそこは敵の手中にあるし、そもそも学園長は異空間に飛ばされちゃってここにはいなくなっちゃったから安全じゃないし」

そう言ってアハハと笑うカレンさんだが俺とティアにしてみれば何一つ笑えるような話ではない。学園長が異空間に飛ばされたってどういうことだ。

「ちょっと待ってください、カレンさん。どさくさに紛れてとんでもないことを言いませんでしたか？」

「でも大丈夫！　私がとっておきの場所を教えてあげるから！　それはね――――」

「――――龍の器と星の聖女を殺せ。星から世界を取り戻すのだ！」

「「「全ては清浄なる世界のために――――!!」」」

カレンさんの言葉をかき消すようにルーガルーが叫び、終焉教団の戦闘員が雄叫びを上げる。そして王室親衛隊の隊員共々武器を手に襲い掛かってくる。応戦するべく俺達も武器を構えるが、カレンさんに笑顔で制された。

「炎帝よ、鳳翼の息吹を以て、我が前に蔓延る穢れを悉く焼き払え。《ベリザーマ》」

厳かな声で紡がれた呪文は火属性の第六階梯魔術。

神代に存在した幻獣の羽ばたきがもたらす黄金色の炎の風が戦場に吹き荒れ、容赦なく敵の身体を焼き焦がす。苦痛はない、ただそれを浴びれば安らかに命を燃やしていく優しい炎。

だが確固たるを超越した異常なまでの信念が彼らを突き動かす。燃える身体に深紅の液体を注射して無理やり炎をかき消して歩み続ける。

「うわぁ……そこまでしてルー君とアルちゃんの命を狙うなんて。まぁそれだけ教団も王室親衛隊も本気ってことか」

信じ難い光景にドン引きするカレンさん。だがこれではっきりした。アルクエーナを守るためには彼らの命を完全に絶たなければならない。果たして俺にできるだろうか。

「大丈夫だよ、ルー君。キミに彼らの命を背負わせたりしないから。ここは大人のお姉さんに任せてアルちゃん達と一緒に避難しなさい」

俺が抱いた不安を的確に言い当てるカレンさん。口調こそ軽いがその横顔は思わず身震いするほど真剣で、彼らに対する怒りが感じられた。

「わかりました、カレンさん。ここはお願いします。行くぞティア、レオ、アーマイゼ！」

「……カレンさん、ご武運を！」

「ここは任せました、カレンさん。後で必ず会いましょう！」

「終わったら飯でも行きましょう！」

たった一人で狂った軍勢に立ち向かうカレンさんにそれぞれ言葉をかけて俺達はアルク

エーナとルビィの下へと駆けだす。

「フフッ。誰に言っているのかな？　私は王国最強部隊【アルシエルナイツ】のカレン・フォルシュだよ？　この程度の相手に後れなんて取らないよ」

背中から不敵な声が聞こえると同時に魔力が爆発的に高まる。それがカレンさんから発せられたものであり、彼女が何をしようとしているのか俺は直感で理解した。なにせ二度も間近で見ているのだから。

「記憶解放――〝八岐大蛇首落とし〟」

都合三度目となる八本の神剣の顕現。だがこれまでと違うのは、そこに込められている魔力が過去とは比べ物にならないくらい膨大かつ洗練されていることだ。

「壱の太刀【臨】」

叩き込まれる袈裟斬りの一撃目。地面が抉れ、土煙とともに教団の魔術師達が宙に舞う。

「弐の太刀【兵】」

続けて放たれる逆袈裟の二撃目。悲鳴を上げる間もなく絶命する王室親衛隊の隊員達。

だがそれでも彼らの進撃は止まらない。

「参の太刀【闘】」

止まることなく振るわれる三撃目。無慈悲な横一閃が後方から迫る敵をまとめて薙ぎ倒す。彼らは懐から注射器を取り出して躊躇なく腕に突き刺した。

「肆の太刀【者】」

文字通り命がけで襲い掛かる者達に対して容赦なく放つ四撃目。暴風を巻き起こしながらの斬り上げが赤の集団をまとめてボロ雑巾のように吹き飛ばす。圧巻ともいえる光景を俺達はアルクエーナと合流した丘の上で呆然と眺めた。

「す、すごい……！　これが【アルシエルナイツ】の――カレンさんの本気なんですね」

「凄まじいですわね。さすが最年少で最強部隊に名を連ねるだけのことはありますわ」

目の前で行われている蹂躙劇にティアとルビィが恐怖の交じった感嘆の声を漏らす。

気持ちはわかるが、ここで立ち止まっているわけにはいかない。

「カレンさんが足止めしてくれているうちに俺達も移動するぞ」

「それでルクス君。カレンさんはどこに行けって言っていたんですか？」

一番近くにいた俺以外はカレンさんの言葉が聞こえなかったようで、みんなの視線が注がれる。

「これから俺達が向かうのは世界最強の魔法使いが根城にしている場所……つまり学園長室だ」

雄叫びに上塗りされたが、あの時確かにカレンさんは〝学園長室〟と口にした。何故その場所が安全なのかはわからないが今はその言葉を信じるしかない。

「……なるほど。確かにあの部屋なら安全かもしれませんね。あの部屋には色々仕掛けが施されていますから」

アルクエーナには心当たりがあるようだ。もしかしたら学園長お手製の魔導具なんかが置かれているかもしれない。その中に結界を張るものがあれば御の字だ。

「わかりました。では敵が来る前に急いで移動しましょう」

ここから学園長室まで少し距離がありますから、と言うティアを先頭にして俺達は闘技場から脱出を試みる。

「あとは頼んだよ、ルー君。でも気を付けてね。誰が敵か味方か見極めるんだよ」

最後尾を走る俺の背中にカレンさんが意味深な言葉を投げかける。どういう意味かと思わず足を止めて尋ねたい衝動に駆られるが、それをグッと堪えてその言葉の意味を心に刻み、みんなの後を追う。

闘技場からの一本道を全速力で駆け抜けて校舎の中に入ると、いつもの喧噪とは異なりがらんとしていて不気味なほど静かだった。

「ルクス、学園長室に着いたらどうしますか？」

前を走るルビィが首だけこちらに向けながら尋ねてくる。戦闘音も徐々に収まりつつあるとはいえ、まだ敵が潜んでいる可能性は十分ある。むしろアルクエーナが校舎に避難したことが敵に知られていたらここからが本当の戦いになる。

「正直この後のことは何も考えていない。反撃に打って出るのも悪くはないが……」

「学園長室次第にはなるけど籠城戦（ろうじょうせん）がいいんじゃねえか？　戦うのは危険すぎると思うぜ？」

「レオニダスの言う通りだ、ルクス。事態が落ち着くまで部屋でじっとしてるのが僕もいいと思う」

「私もお二人の意見に賛成です。それに何より……これ以上私のせいでみなさんを危険にさらしたくはありません」

レオの提案に即座にアーマイゼが賛同し、アルクエーナも首を縦に振る。その彼女の声音には憔悴（しょうすい）が色濃く滲（にじ）んでいる。早く落ち着ける場所で休ませないと心が危ない。

「――姫様！　こちらにいらしたんですね！」

前方から背後に数人の部下を引き連れながらこちらに向かって走ってくる王室親衛隊隊

長の姿が見えた。その手には白銀の剣が握られており、着衣の乱れは一切ない。

「よかった！　無事だったんですね、グラディアさん！」

「それはこちらの台詞ですよ、姫様。よくあの死地から抜け出すことができましたね」

「ルクスさんやカレンさん……ここにいるみなさんのおかげです。私はただ背中に隠れているだけでした」

そう言って自嘲気味に笑うアルクエーナだが、長年一緒に過ごしてきた姉のような人と合流できたことで表情に少し明るさが戻ってきた。それはティアやルビィ達も同様で、やはり頼りになる存在は精神に余裕をもたらしたようだ。

だというのに俺は違和感というには小さすぎる引っ掛かりを覚えていた。

「それで、姫様たちはどこに向かっているのですか？」

「カレンさんの指示で学園長室に。今この学園で一番安全なのはあそこだろうって。そうですよね、ルクスさん？」

「……ああ」

俺の気のない返事にティア達が怪訝な顔をしているが気にせず、ついさっきカレンさんに言われたことを思い出す。

「……グラディアさんは今までどこで何をしていたんですか？」

そう尋ねながら俺はアルクエーナを背中に庇う。俺の突然の奇行にアルクエーナは怪訝な顔となり、皆の視線も集まるが、あえて無視して言葉を続ける。

「こんな大変な状況の中、あなたがまずすべきはアルクエーナの保護のはず。それなのに何故校舎の中に？」

「質問の意図はわかりかねますが……姫様を連れたあなた方が校舎に入ったと部下から連絡を貰ったからです。遅れてしまったのは敵と遭遇して戦っていたからです」

どこか不審な点でもありますか、とグラディアさん。確かに普通に考えればおかしな点はどこにもない。だからこそ俺は指摘する。

「それならどうして……あなた達はアルクエーナに殺気を向けているんですか？」

「――――ッ!?」

わずかだが動揺が顔に出る。気付かれないと思っていたのだろうか。

「前から気になっていたんです。常に厳重な警備体制が敷かれている王城にどうやって終焉教団の暗殺者が忍び込めたのかって」

王城にいながらアルクエーナが終焉教団の暗殺者に狙われたのは二回。

一回目は王都で大騒動が起きたどさくさに紛れて。二回目は俺達が王城見学に行った日、アルクエーナがティア達とお風呂に入っている時。

「一度目は混乱に乗じてだとしても二度目は違う。あの時アルクエーナがお風呂に入っていることを知っていたのは部屋にいた人物だけ。にもかかわらずあの隊員はアルクエーナが風呂場にいることを知っていました」

「………」

「そして……あの隊員と接触して情報を伝えることが可能だった人物はあの場にはいない。グラディアさん、あなたを除いてね」

　グラディアさんは俯き口を閉ざす。沈黙が示しているのが否定か肯定か、それは言うまでもないことだろう。

　アルクエーナが震える手で俺の背中をギュッと掴む。ティアとルビィは息を呑み、レオとアーマイゼは愕然としている。

「……やれやれ。よりにもよってあなたに気付かれるとは思いませんでしたよ、ルクスさん。どんな手を使ってもあなたを最初に殺しておくべきでした」

　長い沈黙の後、口を開いたグラディアさんの顔に浮かんでいたのは尋常ならざる怒りと明確な殺意。その圧に思わず後退りたくなるが、俺の後ろには守らないといけない人達がいるので気合いで持ち堪える。

「ほ、本当に……本当にグラディアさんが私のことを……？　どうしてそんなことをするんですか⁉」

アルクエーナの悲痛な叫びが廊下に木霊する。

「はい、そうですよ。ですが全てはあなたを救うためですよ、姫様。あなたが背負わされている馬鹿げた運命から解放する。それが私の役目です」

悲痛交じりの声で言いながらグラディアさんが剣を構えると、それに連動して後ろの部下達も横に並ぶ。そしていつの間にか背後にも武器を手にした隊員が立っていた。

「ハァ……それにしてもあの女も存外使えませんね。姫様を殺すと言っておきながら未だ傷一つ付けられないとは」

「あの女、っていうのはもしかしてエマクローフ先生のことか？」

「フフッ、あの裏切り者をまだ先生と呼ぶんですね。もしかしてルクスさん、あの女の色香に惑わされているんですか？」

「…………」

「ルクス君、どうして無言なんですか？　そこはきちんと否定するべきでは？」

ティアがジト目を向けながら底冷えするような声で言うが、断じて惑わされてはいない。ただこの緊迫した状況で冗談に付き合うつもりがないだけだ。

「まぁ初めからあの外道に姫様が殺されるのは我慢ならなかったのでよしとしましょう。

一人殺すも二人殺すも今更変わりありません」

淡々と話すグラディアさんは王城の時とはまるで別人。母さんのことを教えてくれたり、師匠に対して秘かに抱いていた思いを垣間見せてくれたりしたのが嘘のよう。

「ふざけたことを口にするのはその辺にしていただけますか？　ルクス君もアルクエーナ様も、あなたに殺させたりはしません」

「ルビィの言う通りですわ。二人を殺すと言うのならまずは私達を殺しなさい。全力で抗わせていただきますけどね！」

スラリと剣を抜きながら静かにティアが宣言し、拳を鳴らしながらルビィが吼える。レオとアーマイゼも困惑しながらも戦闘態勢を取っている。

「……仕方ありませんね。若い才能を潰すのは忍びないですが、皆さんにはここで死んでいただきます」

グラディアさんの言葉に呼応して部下達が一斉に武器を構え、併せて魔術の発動準備を整える。数はこちらが有利だが練度が違いすぎる。

アルクエーナがギュッと身を寄せてくる。出し惜しみをしている場合じゃない。俺は星剣を天に掲げながら、

「ティア、守りは任せた！」

「――はいっ！」

俺がこれからやろうとしていることを瞬時に悟ったティアが敵に背中を向けて防壁魔術を発動する。その一歩外側に立った俺は魔力をくべて剣に内包されている記憶を躊躇うことなく解き放つ。

「記憶解放――〝神と共に歩む創星の夢〟‼」

星が吼えるが如く、その輝きは絶望の淵に灯る希望の光。

龍をも滅する黄金の奔流が、グラディアさんを含めた前方に展開している王室親衛隊を一気に呑み込む。奇襲にしては大胆すぎる一撃に、ティアとアルクエーナを除いた面々が呆然と立ち尽くす。

「今だ、全速力で突っ切れ――――！」

光がおさまり、見るも無残な瓦礫の山と化した校舎を尻目に俺は叫ぶ。ほんの一瞬止まっていた時が動き出す。ティア達がアルクエーナを連れて走り出すのと、我に返った背後の隊員達が攻撃を開始したのはほぼ同時。俺が振り返り、五人を守るために再度攻撃を仕掛けようとした時、

「お待たせ、ルー君！　ここまでよく頑張ったね！」

バタバタと地に伏す隊員達。そこに立っていたのは刀を手にしたカレンさんだった。闘

技場の修羅場をくぐり抜け、もうここまで駆け付けてくれたのか。

「行かせませんよ、姫様！　風よ、剣雨となり敵を貫き穿て《ヴェントス・ブレイドレイン》！」

「──ッッ！　風よ、我が身に集い災厄を祓え《ヴェントス・セイントブークリエ》！」

グラディアさんとティアの風の魔術が交錯する。全力ではなかったとはいえあの星撃をもろに浴びてなお立ち上がって攻撃してくるとは。さすがは王室親衛隊の隊長か。

「ごめんなさい、ルクス君。せっかくチャンスを作ってくれたのに突破できませんでした」

「気にしなくていい。あれを食らって立って来るとはさすがに予想外だ。でもカレンさんも来てくれたし、残っているのはもうグラディアさんだけ。これならもう大丈夫だ」

「そういうこと。ここもお姉さんに任せてみんなはゆっくり休んでいるといいよ！」

そう言って不敵に笑うカレンさん。連戦である上にまたしてもこの人に頼ることになるのは男として情けない限りではあるが、ここは素直に甘えさせてもらおう。だがその前に一つ尋ねておきたいことがあった。

「カレンさん、ルーガルーは倒したんですか？」

「ううん。あの巨漢ならあの後すぐにどこかに消えたよ。図体がでかいだけの口だけ番長だったってことだね」

やれやれだよと呆れながら刀で肩をポンポンと叩くカレンさん。奇襲に近い形で記憶解放を受けたとはいえ、あれだけ威勢のいいことを口にしておいて即退散するだろうか。どこかで機を窺っている気がしてならない。

「まったく……本当に邪魔ばかりしてくれますね、カレン・フォルシュ。まさかあなたが姫様の護衛になったのはこうなることを予期してのことですか？」

「さぁね？　私はただ隊長から命令されただけだから何も知らないよ。でも、あなた達が怪しいんじゃないかってことは薄々わかっていたけどね」

カレンさんの口から飛び出るまさかの発言にグラディアさんは目を見開く。それは俺やアルクエーナ、他の面々も同様だ。

「……それはまた、どうして？」

「あなたがアルちゃんを見る目、時々殺気が籠っていたんだもん。まぁそういう時は決まって苦しそうな顔をしていたから半信半疑だったんだけど……まさか本気で殺しに来るなんてね。教団に――エマクローフ・ウルグストンに何を吹き込まれた？」

「そこまでわかっていましたか……ですが、だからこそ私の口から言うことは何もありません。そこをどけ、【アルシエルナイツ】」

「どいてほしかったら力ずくでどかしてみろ、王室親衛隊」

「……致し方ありませんね。最終手段を使わせていただきましょう」

そう言ってグラディアさんは胸元から取り出した注射器を躊躇うことなく首筋に刺した。

深紅の液体が流れ込み、身体（からだ）から禍々（まがまが）しいほどの魔力が噴きあがる。

「やれやれ、また同じ展開か。さすがの私も飽き飽きしてきたよ」

「その減らず口が叩けるのも今の内だけです。さぁ、ご自慢の記憶解放とやらで攻撃してみるといい。その時があなたの終わりです」

「ふぅん。お薬の力で随分と自信満々になるんだね。そういうのは嫌いじゃないけど、ちょっと不快かな？」

あからさまに誘っている。グラディアさんの言動はそうとしか思えないが、カレンさんはきっとこれに乗るだろう。俺達は固唾を呑んで見守ることしかできない。

「それじゃお望みどおりに……記憶解放――〝八岐大蛇首落とし（やまたのおろちくびお）〟」

最早（もはや）聞き慣れ、見慣れた光景。この後に待つのは一方的な蹂躙劇（じゅうりんげき）。いくらグラディアさんが薬で力を得ようともこの彼我の差を埋めることは不可能――なはずだった。

「その記憶、貰（もら）うぞ――記憶簒奪（さんだつ）！」

グラディアさんの口元に浮かぶ不敵な笑み。不穏な祝詞を紡ぎながら懐から短剣を取り出して突き出す。そこから放たれた黒く禍々しい輝きが神剣を包み込み、

「簒奪解放――〝八岐大蛇首落とし〟！」

グラディアさんの頭上に写し鏡のように出現する八本の神剣。それが発する覇気はカレンさんのそれと同等。

「そんな……馬鹿な……」

呆然と呟くカレンさん。俺達もありえない状況に時間が止まる。そしてこれは戦いにおいて致命的な隙となる。

「壱の太刀【臨】」

「みんな、逃げてっ――‼」

いち早く我に返ったカレンさんが叫ぶも、俺達はただ呆然と簒奪された神剣の一撃が叩き込まれるのを眺めることしかできなかった。

第9話　想(おも)いを束ねて

容赦なく放たれた神剣の一撃でボロ雑巾のように吹き飛ばされた俺は、ズキズキと痛む身体に鞭(むち)を打って腕の中にいるアルクエーナに声をかける。

「大丈夫か、アルクエーナ？　ケガはないか？」

「は、はい……ルクスさんのおかげで私は何ともありません。ありがとうございます」

グラディアさんの模倣の一撃が着弾する瞬間、俺はアルクエーナを抱きかかえて咄嗟(とっさ)に廊下の窓を突き破って回避を試みた。おかげで直撃は免(まぬが)れたが、衝撃波と瓦礫までは躱(かわ)すことができなかった。

「それは何より。アルクエーナにもしものことがあったらカレンさんに怒られるからな」

言いながら彼女の頭をポンポンと撫(な)でると恥ずかしそうにしながらも目を細めるアルクエーナ。こんな状況でなければずっと見ていたくなる可愛(かわい)い顔だ。

「そ、そんなことよりルクスさん！　ティアリスさん達は無事でしょうか？　まさか瓦礫の下に埋まってしまったなんてことはありませんよね？」

　顔を真っ赤に染めながら話すアルクエーナの視線の先に広がっているのは、土煙と辺り一面に散乱している瓦礫の山。そして今にも崩れ落ちそうになっている校舎だった。もし下敷きになっているようならすぐに助け出さないと。

「ルクス君、アルクエーナ様！　よかった、無事だったんですね！」

　そんな最悪の事態を考えていると、煙をかき分けながらティアが駆け寄ってくる姿が見えた。その後ろにはルビィもいる。どうやら二人とも無事なようだ。

「ティアリスさん達もご無事なようで何よりです。どこか痛いところはありませんか？もしあるようでしたら私が治します！」

「私達ならどこもケガしていませんから大丈夫ですわ。それよりレオニダス達が見当たりませんがどこに――――？」

「だぁぁっ――――クソッタレが！　一体全体何がどうなっているんだ⁉　誰か説明してくれ！」

「お、落ち着けレオニダス！　お願いだから大人しくしてくれ！　気持ちはわかるけど安静にしないと死んじゃうぞ⁉」

　アーマイゼを小脇に抱えたレオが瓦礫を蹴散らしながらこちらに向かって歩いてくる。頭からボタボタと血を流している上に脇腹に破片が突き刺さっている。正直立っているのが不思議なくらいの重傷だ。

「だ、大丈夫ですかレオニダスさん⁉　治癒するので今すぐ横になってください！」

慌てて二人の下に駆け寄るアルクエーナ。どうやらレオの傷はアーマイゼを庇って負ったものらしい。泣きそうな顔でアーマイゼが〝死ぬな、レオニダス！〟と必死に叫んでいるが、当の本人は〝傷に響くから静かにしてくれ〟と笑っている。

「あとはカレンさんですね。あの人のことだからきっと無事だと思いますが……」

キョロキョロと周囲を見渡しながらティアが口にすると、半壊の校舎が盛大な音を立てて崩れ落ちた。その中から飛び出してきたカレンさんが俺達の傍に着地した。だがその身体は満身創痍と言って差し支えないほどボロボロになっていた。

「いやぁ……まさかこっちの奥の手を真似されるとは思わなかったよ。さすがの私もびっくり仰天、驚天動地の大番狂わせってやつだね」

そう言って余裕そうにアハハと笑うカレンさんだが、肩で息をしている上に顔には焦燥が色濃く滲んでいた。

「……どうした、カレン・フォルシュ。王国最後の砦である【アルシエルナイツ】の力はその程度なのか？」

舞い上がる土埃を吹き飛ばしながら、悠然とした足取りでグラディアさんが近づいてくる。その身体を包む命を代償にした深紅の輝きは、まるで彼女の怒りを具現化しているかのよう。レオの傷を治癒しながらアルクエーナが悲痛な声で叫ぶ。

「こんなことはもうやめてください、グラディアさん！　このままだとあなたまで死んでしまいます！」

「いいえ、やめません。言ったでしょう？　これも全て姫様をお救いするためだと。下賤な輩の力を借りることになったのは不本意ではありますが、それでも私はあなたのことを――――！」

「ルーガルーにも言ったけど、寝言は寝ている時に言うから寝言って言うんだよ、グラディア隊長。目が開いている時に言ったらそれはただの戯言。王家を守ることが絶対の使命の王室親衛隊隊長の言葉とは思えないね」

「黙れ【アルシエルナイツ】！　お前達に国は救えても姫様は……この星は救えない！私が……私の手でアルクエーナを救うのだ！」

　アルクエーナとカレンの言葉も今のグラディアさんには通じない。思いとどまらせるどころか激情の炎がより一層燃えるだけ。

「このぉ……いい加減にしろ、馬鹿隊長！」

「いいだろう。邪魔をするならお前から殺してやろう！」

カレンさんが疾風となって突貫する。だがその動きにこれまでのようなキレはなく、振るう刀の速度も見るからに遅くなっている。これでは今のグラディアさんには通用しない。

「グッ……カハッ」

数度の打ち合いの末、ついにグラディアさんの放った一閃(いっせん)がカレンさんの身体に刻まれる。飛び散る鮮血。浅くはない傷口を押さえながら血だまりの中に膝をつく。

「どうした？　もうお終(しま)いか？　貴様の任務は姫様を守ることなのだろう？　それがこのざまとは情けないな」

カレンさんの首筋に剣を添えながら見下ろすグラディアさん。ここまで絶対的な強さを誇っていた人がこうも簡単に膝を折るとは信じられない光景だった。

「ごめんなさい、カレンさん。私達を庇ってさえいなければこんなことにはならなかったのに……」

「どういうことだ、ティア？」

「……カレンさんが身を挺(てい)して校舎での一撃から私とルビィを守ってくれたんです。そのせいで負わなくていい傷を……」

「自分の身を顧みず、咄嗟に風の魔術で飛ばしてくれなかったら今頃私達は瓦礫(がれき)に埋もれていましたわ」

学園では天才と評されている二人は無念そうに、悔しそうに、様々な感情が入り交じった泣きそうな表情で弱々しく呟く。動きに精彩を欠いていたのはそのためか。そこに闘技場での連戦の疲労も加われば劣勢になるのは必然。

けれどカレンさんはそんなことはおくびにも出さず、俺達を守るために戦いを挑んだ。その雄姿を見て何も感じないほど俺は鈍感ではない。

「ティア、アルクエーナを頼む」

ギュッと俺の身体に抱き着いていたアルクエーナをそっと放してティアに引き渡す。俺の真意を察したティアは心配そうな表情を浮かべる。

「な、何を考えているんですか、ルクスさん⁈　まさかグラディアさんと戦うつもりじゃありませんよね⁉」

「その通りだ、アルクエーナ。俺がグラディアさんを止める。そしてあの人の馬鹿げた妄想を終わらせてくる」

「ダ、ダメだよルー君！　ここは私に任せてアルちゃんを連れてみんなで逃げるんだ！」

カハッと喀血（かっけつ）しながら叫ぶカレンさん。まともに立ち上がる力すら残っていないのに無茶を言う。これ以上あの人に戦わせるわけにはいかない。

「ルクスさんか……キミに私怨（しえん）はない。だが姫様を救うためにキミには死んでもらう。それがあの女との契約だからね」

「アルクエーナを殺すなんてふざけたことを口にするあなたを俺は許さない」

「……いいだろう。ならばかかってこい」

大剣を構えながらグラディアさんが吼える。それに呼応するように深紅の輝きも一層増し、絶対的な強者の圧を肌で感じる。

だが俺はこれ以上の、時に絶望すら覚える圧力を、鍛錬と称して幾度となく行われた師匠との果たし合いで知っている。それに比べればこれくらい大したものではない。そう自分に言い聞かせながら星剣を構える。

「それではルクスさん……お覚悟を」

「だからそれはこっちの台詞だ！」

互いの信念をかけた最後の戦いが幕を開ける。

＊＊＊＊

鋼と鋼が衝突し、甲高い金属音とともに火花が散る。それが奏でるのは相容れない二人の意地と意地がぶつかり合う悲しいメロディ。

「やれやれ……まさか年下の男の子に助けられる日が来るなんて思わなかったよ」

「申し訳ありませんでした、カレンさん。私達を庇いさえしなければこんなことには……」

ルクスが戦闘を開始してすぐ、ティアリスは膝をついて身動きが取れずにいたカレンを救出しに向かった。彼女の傷は見た目以上に深く、むしろ生きていることが不思議なほどだった。

「いやいや。ティアリスちゃん達のせいじゃないよ。これは全部私が未熟だったのが原因。だから気に病むことはないよ」

「はい……」

「それにアルちゃんのおかげで傷はもう塞がっちゃったからね。これなら私が戦ってもよかったんだけど……まぁここはルー君に花を持たせてあげるとしようか」

そう言って笑いながらティアリスの頭を優しく撫でるカレン。自らの不甲斐なさに落ち込み、嘆くことができるなら彼女達はこれからもっと強くなる。そしていずれは自分とは比べ物にならないほど強い魔術師に成長するだろう。それまで面倒を見るのが年長者の役目だ。かつて自分が恩師にそうしてもらったように。

「それはそうと……グラディア・バイセが口にしていたアルクエーナ様が背負っている過

酷な運命とは一体何なのですか？　あなたはその意味がわかっているのではないですか、カレン・フォルシュ？」

「残念だけどね、ルビディアちゃん。私は何でも知っているお姉さんに見えるけど実は知らないことの方が多いんだよ。だからグラディア隊長の話で私が理解したのは、あの人が終焉(しゅうえん)教団に唆(そそのか)されて敵になったってことだけさ」

ルビディアの問いかけに肩をすくめながらおどけた調子でカレンは答える。その言葉を額面通りに受け取るほど彼女はおめでたくはない。

「王室親衛隊隊長のグラディア・バイセと言えば限りなく英雄に近い人ですよね？　そんな人がどうして教団の話に騙(だま)されたのでしょうか？」

「正しくは英雄になり損ねた人、だけどね。まぁ教団の中によほど口達者で人を誑(たぶら)かす天才がいたんじゃないかな？」

「まさかそれって……!?」

「おっ、ティアリスちゃんってば鋭いね。あの女以外にグラディア隊長のような堅物を惑わせることができる人はいないよ」

瞳に怒りを灯(とも)しながら呟(つぶや)かれたカレンの言葉にティアリスは口を閉ざす。誰のことを指しているのかは言うに及ばず。あの人は〝灰色の世界を創り変えること〟が望みと言っていた。ルクスの命を狙い、さらにアルクエーナをも狙うのは、それを実現するためには二人の犠牲が必要だからだろうか。

一人思考の海に潜るティアリスだが、事情を知らないルビディアやアーマイゼ達はただただ困惑するばかり。

「敵の人たちの考えを理解しようとするだけ時間の無駄だよ。そんなことより私達は警戒しつつ今はルー君の応援をしようじゃないか」

アルちゃんのようにね、とカレンは付け足す。その言葉通り、アルクエーナだけは話に加わらず二人の戦いを見つめていた。

「……カレンさん、ルクスさんは勝てると思いますか？」

「さて、どうだろうね。ルー君は確かに強いけど今のグラディア隊長を相手に勝てるかって言われたら――」

わからない、そう言いかけたカレンの口の動きが止まる。

「アストライア流戦技《天雷之乱花(ステラベロース)》！」

「――クッ⁉」

その身と刃に紫電を纏(まと)ったルクスの目にも留まらぬ速さの連撃が、グラディアの深紅の鎧(よろい)を容易(たやす)く斬(き)り裂いていく。

「離れなさい！　《ヴェントス・バレット》！」

たまらずグラディアは詠唱破棄で風の弾丸を放つ。しかも一発にとどまらず二発、三発と乱れ撃つ。だが高速で飛来する魔術をルクスは全て星剣で叩き落とし、お返しとばかりに火弾の雨を浴びせる。

「火炎よ、弾丸となり、乱れ爆ぜろ。《イグニス・バレットフレア》」

轟音をまき散らしながら噴きあがる爆炎。そこから立ち上る火柱を油断なくじっと見つめるルクス。

「ハァ、ハァ、ハァ……舐めるなぁっ！　この程度の魔術で私を止められると思わないでもらおう！」

「もちろん、思っていませんよ。だからあなたにはこれをプレゼントします」

そう言いながらルクスは左手を天に掲げて、静かに厳かに詠唱する。その口から紡がれ、発動する魔術は限りなく魔法に近い第八階梯。

「熾天の炎よ、我が下に集え。天を照らし、地を焦がし、三つの不可避の問いを以て聖なる楽園を焼き祓え――――」

赤より紅い、神紅の輝きが空に宿る。その燦々たる煌めきは、戦いの最中だというのに我を忘れて見上げてしまうほど見る者を魅了する。

「――《ウリエル》」

天より地上に降り注ぐは、掟(おきて)に背いた者を断罪する必罰の聖火。それを浴びるグラディアの身体(からだ)は神の炎によって一瞬で赤く染め上げられる。悲鳴を上げることも、痛みを嘆くことも、己の行いを悔いることもできず。ただ己の身が浄火されていくのを待つことしか許されない。

「簒奪(さんだつ)解放――〝八岐大蛇首落とし(やまたのおろちくびおとし)〟！」

それでもグラディアは吼える。聖罰の炎に身体を炙(あぶ)られながら、それでもなおカレンから奪った記憶の力を再び解放する。

「壱の太刀【臨】‼」

纏わりつく炎を吹き飛ばしながら振り下ろされる神剣。ルクスは舌打ちをしながら黒剣で受け止める。

あまりに無謀。だが回避するわけにはいかなかった。なぜなら彼の後ろには守りたい人達がいたから。

尋常ならざる重撃に身体が軋(きし)み、激痛を訴えてくるが無視をする。口の中に広がる鉄の味。耳に届く、ブチブチと繊維が千切れる不快な音。チカチカと明滅する視界。膝を折れば楽になれるぞ、と悪魔が囁(ささや)くが彼の心は決して折れない、屈しない。

「うぉおおおおおおっ‼」

ルクスが猛（たけ）る。かき集めた魔力を膂力（りょりょく）に集中させて大蛇殺しの剣を弾（はじ）き逸（そ）らして地上に墜（お）とした。地鳴りとともに土煙が舞い、狂風が巻き起こる。

「さっきの炎って第八階梯魔術だよな？　あれって【アルシエルナイツ】の隊長くらいしか使えないいんじゃないのか？」

「……ルクスは本当に僕達と同じ学園生なのか？　実は【アルシエルナイツ】の隊長ですって言われても今なら信じられるかも……」

目の前で起きている超常の現象に理解が追いつかず、レオニダスとアーマイゼの口から現実逃避にも似た言葉が漏れる。

「残念ですが、アーマイゼ君。ルクス君は私達と同じ学園の生徒ですよ。ちょっと寂しがり屋さんなところもありますが、すごくカッコイイ男の子です」

「サラッと惚気（のろけ）ないでくださいまし、と言いたいところではありますが概（おおむ）ねティアの言う通りですわね。ルクスはちょっと世間知らずな面もありますが、そこがまた可愛（かわい）いところですわね」

「……まぁ、なんだ。元気出せよ、アーマイゼ」

旧知の二人のどこかズレた、しかし的確に心を抉（えぐ）る会話にがっくりと肩を落とすアーマイゼにレオが慰めの言葉をかける。

彼としてはルクスの尋常ではない力について聞きたかったのだが、冷静に考えればルクスは〝龍傑の英雄〟ヴァンベール・ルーラーの息子であり唯一の弟子。そう考えれば第八階梯魔術を使っても不思議ではない。アーマイゼはそう自分に言い聞かせて無理やり納得することにした。

「いやぁ……まさかルー君がここまでやるとは思わなかったよ。私と戦った時とか王城で襲撃された時は手加減していたみたいだね」

「無理もありません。模擬戦はともかくルクスさんの立場的に王城内で本気は出せませんから。むしろカレンさんの方こそ少し加減というものを覚えてください。これ以上は私でも擁護しかねます」

「そんなぁ⁉　お城は壊れても元通りに直せるけどアルちゃんの命は失ったら戻らないんだよ⁉　躊躇(ちゅうちょ)なんてできるわけないじゃん⁉」

「ですから加減を覚えてくださいと言っているんです」

やれやれと肩をすくめながらアルクエーナは視線をルクス達に戻す。

「ハァ……ハァ……ハァ……」

灰すら残さずこの世から存在を消し去る神罰の炎を一身に浴び、全身を焼かれてなおグラディアは人の形を保っていた。酸素を求めて荒い呼吸を繰り返しながら、目の前に立っている男に仇敵の姿を重ねる。

「……クソッ」

師匠直伝のとっておきを使ったせいで魔力は底を尽き、その上で神剣を生身で受け止めるという愚行。あまつさえそれを弾くという埒外なことをしでかしたルクスは手痛い代償を支払った。

筋繊維は死に絶え、剣を握っている感覚もほとんどない。それでも彼は立ち続ける。

「フフフッ。さすがヴァンの弟子ですね。王城では力を隠していたのですね？」

「隠していたわけじゃありません。ただ手合わせで本気を出すわけにはいかなかっただけです。まぁ誰かさんは初対面でいきなり必殺技をぶっ放してきましたけど」

「まったく……凡人が積み重ねた努力をいとも容易く乗り越えていく上に、命を燃やしてもなお届かない高みに至る。これだから天才は嫌いだ」

愚痴を吐きながらグラディアは再び剣を構える。勢いこそ衰えているものの彼女の命の輝きは未だ健在。あの灯を消さない限りこの戦いは終わらない。

「もう少し文句を言いたいところですが、生憎ご覧の通り私には時間がありません。そろそろ幕引きといきましょう」

大剣を掲げると同時に三度顕現する神話の剣。だがその刃は今までとは異なり、さながら太陽のように真っ赤に輝いていた。

「正真正銘、これが私の生涯最後の攻撃です。凌げなければ私の勝ち。逆に凌げばあなたの勝ち。この世に大罪のみを残して私の命は露と消えるでしょう」

そう口にするグラディアからは、たとえ相手が神であっても切り伏せるという覚悟と決意が覇気となって立ち上っている。誰もが息を呑んで圧倒される中、しかし一人だけ屈していない人物がいた。

「待ちなさい、グラディア・バイセ」

アルクエーナが静かに死地へと足を踏み入れながら発する言葉はいつもの可愛らしい少女のそれではなく、一国を統べる女王のような威厳があった。

「あなたにはまだ聞きたいことがあります」

あまりにも自然な歩みに誰も止めることができなかった。ティアが、ルビィが、カレンが、戻ってこいと必死に叫ぶが第二王女は姉と慕った敵の前に立つ。

「教えてください。私が背負っているという過酷な運命とは一体何ですか？」

「……下がってください、姫様」

「いいえ、下がりません！　私は理由も知らずに殺されるなんてまっぴらです！　素直に教えなさい、グラディア・バイセ！　これはお願いではなく命令です」

凛とした佇まいから発せられた言葉は静謐で、それでいて王女として有無を言わさぬ威厳があった。殺し合いの最中だというのにこの場にいる全ての者がその姿に魅入られる。

「……いずれ訪れる星の危機に立ち向かうことを強制された〝星選者〟。神に反逆し、神を殺した終焉をもたらす龍を滅すること。それが姫様達に課せられた運命です」

「…………？」

「何を言っているかわからない、そういう顔をしていますね。無理もない。私とて未だに疑いを持っているくらいですから。ですからこれだけは信じてください。これも全て姫様を救うためなのです。そのために私は――――！」

血が滲むほど強く唇を噛むグラディア。その顔に酷く重たい悲壮の色が滲んでおり、アルクエーナも思わず目を見開く。

「ですが安心してください。姫様を決して一人にはしませんから。私もすぐにあなたの後を追いますから……！」

これから起こそうとしている行動とは裏腹に、その声音はどこまでも優しく、慈愛に溢れていた。

「そんなこと……そんなこと、私は望んでいません！　ましてやこんな酷いやり方なんて

「……」

今にも泣き出しそうなアルクエーナの悲痛な呟きにグラディアははっとなって目を見開く。自分のやったことは無駄だったのか。姫様ならわかってくれる。そう信じていたグラディアは困惑し、頭を抱える。

「ティア達のところへ戻るんだ、アルクエーナ。話の続きは戦いが終わってからにしよう」

「ルクスさん……」

優しい声音でそっとアルクエーナの肩に手をかけるルクス。

ちゃんと話がしたい。この望みが叶うことはないと彼女もわかっている。だがそれでも願わずにはいられなかった。

こんな形でずっとそばにいてくれた大切な人を失いたくはない。だからアルクエーナは今にも倒れそうになっているルクスの隣に立って剣に手を重ねる。

「……アルクエーナ？」

「私も一緒に戦います。いえ、戦わせてください。ルクスさんだけにこの戦いの結末を背負わせたりはしません」

どんな結末になろうとも私も一緒に背負います。そうアルクエーナは口にしながらルクスに治癒魔術を施すと同時に、残っている魔力を全て彼に捧げた。

「ありがとう、アルクエーナ。それじゃ一緒にあの人の目を覚まさせようか」

「――はいっ！」

寄り添いながらルクスは極限まで集中を深める。この最後の攻防に懸けるのは自分の命だけではない。故に全力以上の力を絞り出す。ルクスはそう自分に言い聞かせながら剣を構えて静かに告げる。

「『記憶解放――』」

ルクスとアルクエーナの声が重なる。

二人が己に残された魔力を干からびるまで絞り出して呼び起こすは星剣の思い出。

遥か昔。絶対神に反逆した悪神に操られ、神殺しの大罪を成し遂げた龍を悪夢から覚醒させた女神の涙。それを常世に再現する秘技。

「簒奪解放――」

対するは他者から奪った偽りの記憶、その終章。

星を恐怖のどん底に叩き込んだ九つの首を持つ邪龍を九つの斬撃を以て全て斬り落とした後に繰り出された龍殺しの一撃。武神の史上最高の秘剣。

崩れる校舎に渦巻く金と赤の魔力。

互いの命と未来を懸けて、龍を倒した二つの記憶が激突する。

「──〝龍と共に歩む女神の涙〟」

「──〝八岐大蛇首落とし拾の太刀【終】〟」

昂然と声を張り上げ、黄金と深紅の輝きが解き放たれたのはほぼ同時。宙に浮かぶ九つの剣を一つに束ねた大大剣と空に浮かぶ星の煌めきが衝突し、辺り一面に龍の咆哮のような衝撃音が響き渡る。

──その輝きをまたしても目にすることになろうとはな。此度の器は本物か──

世界を覆う絶望を切り裂いて光をもたらす希望の奔流が、邪龍を伏した大大剣を包み込む。その太陽にも匹敵する灼熱の前に神が鍛えた刀剣の束も為す術なく一瞬で蒸発する。

燦々たる閃きに抱かれて身を焦がしながら、しかしグラディアは己の心に巣くっていた闇が静かに消えていくのを自覚していた。

「あぁ……これが星剣の輝きか。なんて優しくて温かい……まるで──」

万物に宿る暗影を悉く照らして無に帰す輝きが収まり、ようやく戦場に静寂が訪れる。

その時立っていたのはルクスとアルクエーナの二人。それはまるで絵本に描かれた勇者と聖女のようだった。

「あれがルー君の……星剣【アンドラステ】の記憶解放か。あの力なら星を救うことも――」

「――残念ながらそれは無理よ。あの光を以てしても星を救うことはできないわ」

カレンの言葉を上書きするように空から言葉がふわりと降ってきた。終焉教団の最高幹部〝七罪導師〟の一人、エマクローフ・ウルグストンが戦場に新たに舞い降りた。

「エマクローフ先生……」

「久しぶりね、ルクス君。嬉しいわ、まだ私のことを先生って呼んでくれるのね？」

「……あなたがグラディアさんに妙なことを吹き込んだ黒幕ですね？」

確信を持ったルクスの問いに、エマクローフは妖しく微笑む。だがその視線はルクスではなくグラディアの下に駆け寄るアルクエーナに向けられていた。

「さて、それじゃ不甲斐ない王室親衛隊隊長様に代わって私がこの狂騒劇の幕を下ろしましょうか。アルクエーナ・ラスベートの命、ここで貰うわ」

「私がいるのにそんなことさせると思う？」

カレンが満身創痍の身体に鞭を打って立ち上がる。強い言葉とは裏腹に押せば倒れそうな彼女を見てエマクローフは妖しく微笑む。

「ウフフッ。もちろんよ。でもあなたの相手は私じゃないわ。もっと相応しい人がいるもの。そうですよね、ルーガルー卿？」

「――あぁ、あの男はルーガルーって言うのか」

再び空から聞こえてきた凛とした声。皆一斉に上を見上げると、そこに立っていたのは純白のローブを身に纏った亜麻色の髪の乙女。

「……あの空間からもう抜け出されたんですね、アンブローズ学園長」

「言葉は選んだ方がいいよ、エマクローフ先生。今際の際だよ？」

＊＊＊＊

新たな役者が相次いで集まったことで、せっかく落ち着いた戦場が再び混沌とした。とはいえ一番合流したかったアンブローズ学園長が来てくれたのは心強い。

「待たせて悪かったね、みんな。でももう大丈夫、ここから先は私に任せてゆっくり休んでくれたまえ」

自信満々な表情でたゆんと胸を弾ませて、トンッと錫杖で地面を叩くアンブローズ学園長。英雄は遅れてやってくるとよく言うが、もっと早く来てくれたらここまで校舎が壊れることもなかったし、もっと早く解決していたはずだ。

「アンブローズ学園長、一応聞きますがルーガルー卿はどうされましたか？　きっちり殺していただけましたか？」

「おやおや、お仲間に対して随分な言い草じゃないか。ちゃんと生きているから安心したまえ。まぁ後で色々聞かせてもらうつもりだから今は次元の狭間で大人しくしてもらっているよ。返却希望があってもお断りなので悪しからず」

「いえいえ。煮るなり焼くなりお好きになさって結構ですよ。あのお馬鹿さんがいても邪魔なだけですから」

どうぞご随意に、と言って微笑むエマクローフ先生。仲間が敵に捕まったというのにあまりに酷い言い草にアンブローズ学園長も苦笑いを浮かべながら肩をすくめる。

「そういうことならお言葉に甘えさせていただくとしようか。まぁキミ達の仲なんて私は知ったこっちゃないんだけど。そんなことよりエマクローフ先生、これからどうする？　まだ続けるつもりかな？」

「ええ、もちろん。私の悲願成就のためにはそこにいるアルクエーナ姫がどうしても邪魔ですから」

言いながら懐から指輪を取り出して、それを左手に嵌めるエマクローフ先生。禍々しさはなく、むしろ神々しさを帯びている。グラディアさんが使っていた錆びた短剣とは違い、一目で宝物とわかる代物だった。

「そんな……あれは紛失された王家の星遺物⁉　どうしてそれを終焉教団のあなたが持っているのですか⁉」

グラディアさんの治癒をしながらアルクエーナが叫ぶ。

「本当にあなたは何も知らないのね……アルクエーナ姫。いいえ、ここは覚えていないのね、と言った方が正しいかしら？」

「あなた……何を言って、いるのですか？」

どこか物哀し気な顔で言ってため息を吐くエマクローフ先生。その言葉の意味がわからず、アルクエーナは目を白黒させている。

だがそれはこの場にいる俺達も同じだ。まさか本人すら知らない間にアルクエーナの記憶が改変されたとでもいうのか。

「やれやれ……こうして会うのは十数年ぶりとはいえ、まったく覚えていないというのは悲しいわね。さすが世界唯一の魔法使い、アイズ・アンブローズが施した魔術といったところかしら？」

「今は褒めても何も出ないよ、エマクローフ先生。そもそも私はこんな形でアルクエーナ様とキミを再会させるつもりはなかったんだよ？　ホント、余計なことをしてくれたものだよ」

顔こそ笑っているが身体から殺気に似た怒気を立ち上らせるという器用なことをしながらアルクエーナの前に立つアンブローズ学園長。

一向に話が見えない。この二人は何の話をしているんだ。

「私なりに考えがあるということですよ、学園長。そういうわけなので邪魔はしないでいただけますか？」

「お断りだよ。どうしてもアルクエーナ様を殺したいって言うのならまずは私を倒すことだね。まぁキミにできたらの話だけど？」

当事者を含めた俺達の疑問に何一つ答えることなく、二人は無言で見えない戦いの火花を散らしている。

「フフッ。さすがは学園長。やはりあなたと対等にやり合うにはこの力を使うほかないようですね」

「勿体ぶらずに切り札を使いたまえよ。そうじゃないと……本当に死ぬよ？」

　アンブローズ学園長の口元に獰猛（どうもう）な笑みが刻まれる。そこに含まれる滂沱（ぼうだ）の殺気を一身に浴びたエマクロープ先生は額に汗を滲（にじ）ませながら、一つ息を吐いてから覚悟を決めた顔になる。

「それではお言葉に甘えてそうさせていただきます。記憶解放——
〝豊饒願う四手女神の讃美歌（サラスバティプラーナ）〟」

　天空に出現する無数の紅（あか）い蓮華（れんげ）。ひらひらと花弁が舞い散り、それが地面に触れた瞬間、そこから更なる花が咲く。

　誰も彼も言葉を失いその光景に見入っている。まるで天国のような幻想的な光景ではあるが、同時に地獄絵図のように俺には見えた。

「この花びらに触れた瞬間、誰も彼も物言わぬ花になる。さぁ、どうしますか学園長？
この場にいる全員を守り切れますか？」

　不敵な笑みを浮かべながらエマクロープ先生は問う。だがアンブローズ学園長は一切動じることなく、余裕の態度を崩さない。それどころかパチパチと拍手すら送っている。

「うん、うん。中々いい技だね、エマクロープ先生。洗練もされているし、ちゃんと鍛錬してきた証拠だね」

「……その笑顔、いつまで続きますかね？」

「いつまで？　おかしなことを言うね。最後までに決まっているでしょう？」

「舐めたことを――！」

「舐めたこと？　それはこっちの台詞だよ、エマクローフ先生。記憶解放――〝遥か彼方にある星降る夜の理想郷〟」

澄んだ青空に黒の帳が下りる。まるで時が加速したかのように真っ黒に染まる世界。そこに煌めく無数の星々。これもまた筆舌に尽くしがたい幻想的な世界ではあるが、エマクローフ先生のそれと違ってこちらは心が穏やかになる花園だ。

「――降り注げ、流星」

凛とした声で告げられたのはエマクローフ先生にとっては絶望の宣告。星が眩い輝きを発しながら光速で地上に墜ちてくる。それらは咲き誇っていた紅蓮華を余すところなく打ち抜き、一片の花弁すら残さず焼き焦がしていく。

その光景はまさに圧巻だった。

恐らくは必殺になりえたであろうエマクローフ先生の記憶解放は、かくしてあっけなく消滅した。

「キミの切り札はこれで消えた。さて、それじゃ改めて問うか。エマクローフ・ウルグストン、キミの本心はどこにある？」

嘘はもちろん口を閉ざすことすら許さない圧力をかけるアンブローズ学園長。戦場に流れる永遠とも感じられる数秒間の沈黙。その果てにエマクローフ先生が発した言葉は

――

「私の本心、ですって？　そんなの最初から変わらないわ。そこにいるアルクエーナ・ラスペートを殺すこと。そして星が定めたクソッタレな運命から解放することよ」

奇しくもそれはグラディアさんが口にしていたことと全く同じ。だがどうしてエマクローフ先生がアルクエーナを助けようとするのだろうか。

「ハァ……やれやれ。キミはいつまでそんな与太話を信じているんだい？　そろそろ目を覚ますんだ。あの男が発する一言一句、一挙手一投足全てが嘘で塗り固められているんだぞ？　いい加減気が付きたまえ」

「それはこちらの台詞ですよ、アンブローズ学園長。この世界を星の支配から解放するためには一度破壊するしかない。どうしてそれがわからないのですか？」

またしても意味不明の会話を繰り広げる二人だが、その主張は決して交わることのない平行線。

「先ほどから黙って聞いていれば好き勝手言ってくれますね。私の運命は私が決めることです。ありがた迷惑にも程があります！」

グラディアさんの治癒を終えたアルクエーナが怒髪天を衝く勢いで話に割って入る。だがその主張をエマクローフ先生は真っ向から切り伏せる。

「何も知らない子供は黙っていなさい。これも全てあなたのためにやっていることなのよ？　星のためにあなたが命をかける必要はどこにもないわ」

「そういうことを聞いているのではありません！　どうして終焉教団の人間であるあなたが〝私のために〟なんて言うのか、その理由を教えてくださいと言っているのです！」

肩で息をしながらアルクエーナが悲痛な声で叫ぶ。そんな彼女を見てアンブローズ学園長はどこか沈痛な面持ちで目を伏せ、エマクローフ先生は苛立ちを深いため息とともに吐き出してからこう言った。

「さっき言ったわよね？　あなたとは十数年ぶりの再会だって。その意味がわからないかしら？」

「そんな、まさか……？　いえ、でもそんなことは絶対にありえません！　だってあの人は死んだってお父様とお母様が……！」

顔を驚愕の色に染めるアルクエーナ。そしてティア達も答えに至ったのか、信じられないと言わんばかりに目を見開いている。この場において状況を理解していないのはどうやら俺だけらしい。

「いいですか、ルクス君。アルクエーナ様はラスベート王国の第二王女。ということは当然第一王女がいるということになります。ですが第一王女は世間的には十年ほど前に病死しているんです」

「……まさか、冗談だろう？」

ティアに最後まで言われずとも理解した。この俺の様子を見てエマクローフ先生はどこか満足気な笑みを浮かべ、そして出来の悪い教え子に答えを披露した。

「久しぶりね、アルクエーナ。お姉ちゃんの顔を忘れるなんて酷(ひど)い妹ね」

「嘘です……そんなの絶対に……！」

「残念ながら嘘じゃないわよ。私は正真正銘、紛れもなくあなたの姉でありラスベート王国第一王女よ。まぁエマクローフ・ウルグストンっていうのは偽名だけどね」

言いながらちらっとアンブローズ学園長を横目で見るエマクローフ先生。

「ハァ……本当にキミは余計なことしか言わない悪い子だね。あの時の私の努力を全部無駄にするなんて……これはお仕置きが必要かな？」

「フフッ。あなたには本当に感謝していますよ、アンブローズ学園長。おかげで色々なことを学ぶことができましたから」

「アンブローズ学園長、あなたは何を知っているのですか⁉　まさかあなたも私を騙(だま)していたんですか⁉」

　二人の口ぶりからアルクエーナが激昂するのは当然だ。過去の話とはいえ、最大の味方だと思っていた学園長が裏切り者のエマクローフ先生と結託していたとなれば、国を揺るがしかねない。

「騙していたわけじゃないよ。元々第一王女は――彼女は生まれた時に星から〝いずれ世界に不幸を齎す者〟と告げられていたんだ。だから第一王女の存在自体は公表されていても公の場には一度として姿を現したことはなかったんだよ」

　そうなのか、とティアに尋ねると彼女はコクリと頷いた。なるほど、そういうことなら〝ラスベート王立魔術学園の教師・エマクローフ・ウルグストン〟として生活していても誰も疑問に思わなかったのか。

「王城にいる時の私は、ありきたりな言葉でいうと軟禁状態だったわ。そんなところにあなたが生まれて、そして星から〝世界に光を齎す者〟と告げられた。その時私はどう思ったかわかるかしら？」

　この世界は馬鹿げている、そうエマクローフ先生は吐き捨てるように言ってから話を続ける。その瞳に憎悪と苦渋の色を滲ませながら。

「だから私は決心したのよ。私達を虐げるこのクソッタレな世界に復讐をするとね」

「それが私を殺すことだというのですか!?　そのために終焉教団に入ったって言うんですか!?　私はそんなこと望んでなんか――!」

アルクエーナの悲痛な叫びが戦場に木霊する。だが彼女の思いがエマクロープ先生に届くことは決してない。

「もしもあなたが私を止めたいというのなら……言わなくてもわかるわよね、アルクエーナ？」

殺すしかないわよ、と言外にエマクロープ先生が言い放つ。そこに含まれた殺意と確固たる覚悟にアルクエーナは気圧されて口を閉ざす。

「問答はこの辺で終わりにしておこうか。これ以上キミの戯言を聞く気も聞かせるつもりもない。捕まえた彼と一緒に洗いざらい話してもらおうか」

珍しく真面目な、それでいて底冷えするような声で言いながらアンブローズ学園長が錫杖を構えてアルクエーナの前に立つ。魔力は依然として高まっており、いつでもまた幻想的な流星群を放つ体勢をとっている。

「ウフフッ。何度も言わせないでくださいよ、学園長。私はあなたとは一緒には行きません。そして不本意ではありますがルーガルー卿も返していただきます」

不敵な笑みを口元に湛えながらパチンッと指を鳴らす。

空に亀裂が走り、そこから巨体の男が飛び出してくる。その顔は憤怒に満ちており、傷だらけの身体からは赤い蒸気が噴きあがっていた。

「あちゃぁ……せっかく捕まえたのに出てきちゃったのね。まぁあの空間自体キミが作ったものだから出し入れは自由自在ってわけか」

「アルクエーナ達を助けるために急いだあなたのミスですよ、学園長」

しくじったなぁとぼやくアンブローズ学園長を見て、してやったりの笑みを浮かべるエマクローフ先生。そんな呑気なやり取りをする二人に巨漢は思い切り地面を踏み抜き苛立ちを露わにする。

「話は終わったか、エマクローフ？　王女を殺し、作戦を遂行するぞ」

「お元気そうで何よりです、ルーガルー卿。そうしたいのは山々ですが、今日のところは撤収しましょう」

「……なんだと？」

エマクローフ先生の言葉に額に青筋を立てる巨漢、ルーガルー。血みどろとまではいかないが少なくないダメージを負っているのにまだ戦う気なのか。そんな同僚の態度にエマクローフ先生は呆れた様子で肩をすくめながらため息を吐く。

「ハァ……なんだと、じゃないわよ。そもそもあなたがアンブローズ学園長を足止めしていればこんなことにはならなかったのよ？　ホント、使えない男ね」

「エマクローフ、貴様——ガハッ」

激怒した男が胸倉を掴もうとして近づいたところをエマクローフ先生がその手を叩きながら容赦なく鳩尾に拳を叩き込んで意識を刈り取る。

「まったく。これだから脳みそまで筋肉が詰まっている人間は困るのよね。ルクス君、あなたはこうなってはダメよ？」

「……エマクローフ先生、あなたはいったい何者なんですか？」

「ルクス君、女性は胸に秘密を抱えている方が魅力は増すものなのよ。どうしても知りたければ……フフッ、これ以上は隣にいるティアリスさんに怒られてしまうわね」

「ええ、その通りです。純粋なルクス君を誘惑するのはやめてください。さもないと今度こそあなたを斬りますよ！」

そう言いながら俺の前に立ち、シャランと美しい音を鳴らしながら剣を構えるティア。

その横にルビィも並ぶ。

「あらあら、モテる男は大変ね。でもこの国は一夫多妻制じゃないから誰か一人を選ぶのよ？　あっ、なんなら私が相手でも——」

「アストライア流戦技《天灰之清火》！」

エマクローフ先生の言葉を遮り、ティアが白銀の剣を上段から振り下ろした。

「《グラキエス・セイントローズ》」

鋩から放たれた炎閃。本来なら金属すら容易く溶かす一撃は、指を鳴らすだけで発動した氷の花がいとも容易く無力化する。

「顔に似合わず不意打ちなんて卑怯なことをするのね、ティアリスさん。女の嫉妬は醜いわよ？」

「し、嫉妬⁉　私は別に嫉妬なんかしてませんけど⁉」

「はいはい。愉快な会話はその辺にしようか、ティアリス君」

弛緩しかけた空気を引き締めるようにパンパンと手を叩くアンブローズ学園長。けれどエマクローフ先生はどこ吹く風とばかりに力なく倒れている巨体の男を肩に担ぐ。

「さて、名残惜しい上に目的は達成できませんでしたが、私達はこの辺で失礼させていただきますね」

「……逃げられると思っているのかい、エマクローフ先生？」

「もちろん。あなたは私を追いかけることはできない。なぜなら——」

再び指を鳴らすと、流星群に焼かれたはずの紅蓮華が空に出現した。異様な光景の再演にさすがにアンブローズ学園長も目を見開く。

「それでは皆様、ごきげんよう。ルクス君、近いうちにまた会いましょうね」

「待ちなさい！　私の話はまだ終わっていませんよ！」

「……あなたに話すことは何もないわ、アルクエーナ」

突き放すように言いながら踵を返し、エマクローフ先生は次元の狭間へと消えていく。

「そんな……待ちなさい……！　待って、待ってよ、お姉ちゃん！」

死を齎す花弁が舞い散り、星が降り注ぐ戦場にアルクエーナの悲痛な叫びが響き渡る。

俺達はただそれを聞くことしかできなかった。

エピローグ

魔導新人祭にラスベート王立魔術学園を襲ったアルクエーナ暗殺未遂事件から早一週間が経過した。

王女の命を狙ったのが、あろうことか建国以来の仇敵である終焉教団と手を結んだ王室親衛隊だったという前代未聞の事態に、国民の間に激震が走ったのは言うまでもないだろう。

「私の記憶の中のお姉ちゃんは誰よりも優しくて賢くて……それでいてよく愁いを浮かべている人でした」

壊れた校舎の建て直しをするために休校になっていた学園も明日から再開となる。その前に俺はアルクエーナに呼ばれて王城に来ていた。

「でもある日突然いなくなってしまって……父と母に尋ねたら病気で死んだと聞かされました。それが実は生きていたなんて……」

未だに信じられません、と苦笑いをしながらアルクエーナは言う。無理もない。師匠から死んだと聞かされている本当の両親が現れたら俺だって同じ反応をするだろう。

「しかもよりにもよって学園長が記憶を操作していたなんて……よほどあの人の存在を私の中から消したかったようですね」

事件の後、アンブローズ学園長はあの場にいた全員に十年前に何があったか説明した。

学園長曰く、エマクローフ・ウルグストンこと第一王女について、アルクエーナを含めた王城にいる人間全員の記憶を操作し、彼女が死んだことを自然と受け入れるようにしたそうだ。なぜそんなことをしたのかというと、それは他でもない陛下に頼まれたから。

『私としても不本意だったんだけどね。でもあの子はただでさえ表舞台に立つことを許されなかったし、それが突然家出したともなればそうするしかなかったんだよ。ごめんね、アルクエーナ様』

エマクローフ先生が存在は知られていても表舞台に立てずに軟禁されていた理由。それは彼女自身が話していた通りだと学園長は言った。だが占いくらいで王女を閉じ込めるのはいくら何でも正気の沙汰とは思えない。

『王家お抱えの占星術師の言葉はそれだけ重いってことだよ。それこそ私の言葉よりもはるかにね』

自嘲気味に言いながら肩をすくめるアンブローズ学園長の姿が印象的だった。どうやら王家の中は華やかなことばかりじゃないようだ。

「安心してください、ルクスさん。私は迷っていませんから。もしまたあの人が私の前に現れても……今度は迷いませんから」

その言葉とは裏腹にアルクエーナの瞳は揺れていた。そんな幼気な王女の頭を俺はポンポンと優しく撫でる。

「その時は俺を呼んでくれ。アルクエーナが一人で抱えることはない。次は二人であの人を止めよう」

「……はい。ありがとうございます、ルクスさん」

「それよりアルクエーナ。俺達は今どこに向かっているんだ？」

俺が王城に来たのはアルクエーナに呼び出されたからなのだが、〝あなたに会いたがっている人がいる〟とだけ言われてその詳しい理由は聞かされていない。

「どうしてもルクスさんに謝罪とお礼を伝えたい人のところですよ。さぁ、着きましたよ。

こちらです」

階段を上り続けてたどり着いたのは王城の最上階。前にアルクエーナと星空の下で話した花園にその人は座っていた。

「お待たせしました、グラディアさん。ルクスさんを連れてきましたよ」

「あぁ……姫様、ありがとうございます。そしてわざわざお越しいただきありがとうございます、ルクスさん」

お久しぶりです、と付け足したその人——グラディアさんの言葉にかつてのような力強さはなかった。見れば心なしか身体の線も細くなっている。

「無理な力を使った代償です。薬を使ったせいでほとんどの魔力を失い、今の私に戦う力は残っていません」

「……そうですか」

あの薬は命を魔力に変える代物。その状態でカレンさんの記憶解放を奪って使えば死に体となるのも当然か。

「むしろあの時姫様が治癒をしてくれなかったらここにはいません。私としてはそれでもよかったのですが……」

「もう！　その話は終わりにしましょうって何度も言いましたよね、グラディアさん！　誰が何と言おうと、私はあなたに生きてほしいんです！」

「あぁ、そうでしたね……申し訳ありませんでした、姫様」

そう言いながら自嘲気味に笑うグラディアさん。だがその顔には自分の犯した罪の重さに葛藤していることがありありと滲(にじ)んでいた。

ちなみにグラディアさんを含めた王室親衛隊はその大多数が戦線に復帰することが不可能なため一時的に解散。再建するまでの間の王城の警備は王国魔術師団が、王家の護衛はカレンさんら【アルシエルナイツ】が担当することになった。

そして肝心の処遇だが、その後の調査とアルクエーナの嘆願によりグラディアさんは王城で軟禁という形で落ち着いた。他の隊員達も似たような比較的軽い処分を科せられている。

『グラディア隊長を含めた王室親衛隊の隊員達は、ある人物に〝王女を殺すことが星を救う唯一の方法だ〟っていう暗示をかけられていたんだ。それも違和感を抱かないように無意識下に刷り込むようにね』

この暗示のせいでグラディアさん達は暴走してしまったのだとアンブローズ学園長は教えてくれた。そしてこれを施したのはエマクローフ先生ではないとも。

「ルクスさん、改めてあなたに謝罪と感謝を。あなたがいなければ今ごろ姫様は……本当にありがとうございました。そして申し訳ありませんでした」

「いや、俺は特に何も……結局アルクエーナを守ったのはカレンさんやアンブローズ学園長でしたから……」

「あなたがずっと姫様を守ってくれたからですよ。王室親衛隊隊長の私よりよほど姫様の護衛に適任でした。このまま姫様専属の騎士になるのはどうでしょうか？」

突拍子もないグラディアさんの提案に俺は思わず苦笑いを浮かべ、隣のアルクエーナは何故(なぜ)か頬を赤く染めている。

「ハハハ。ありがたいお話ですけど丁重にお断りさせていただきます。今の俺にはアルクエーナの騎士は荷が重すぎます。それに――」

「――自分が一緒にいると却(かえ)って私に危害が及ぶ。そう言いたいんですよね、ルクスさん？」

「……正解だ」

俺が断ると今度は拗ねてぷくぅと頰を膨らませるアルクエーナ。だが終焉教団が俺のことを狙っているのも事実。そんな俺が王女の護衛をしたのでは本末転倒だ。

「そんなことを言ったらルクスさんは人里離れた場所で隠居でもしないといけなくなりますよ？　若いうちからそんな仙人みたいな生活をするつもりですか？」

「いや、別にそんなつもりは……」

「それに、私は守ってもらってばかりいるつもりはありません！　これからは私も戦います。ですからルクスさん、私を弟子にしてください！」

「……はい？」

突然何を言い出すんだ、この王女様は。グラディアさんも呆気に取られて――いないな。それどころか妙案だと言わんばかりに頷いている。

「今回のことで身に沁みました。私は弱い。でももうそんな自分は嫌なんです！　ですからルクスさん、私に戦う術を教えてください！」

お願いします、そう言って頭を下げるアルクエーナ。まだまだ未熟な自分に誰かを教え導くことなどできないし、そもそも彼女はクソッタレな俺の師匠ですら匙を投げたほど。戦う術を身につけることは不可能なんじゃ――

「フッフッフッ。安心してください、ルクスさん。いつまでも丸腰の私じゃありませんから。今回の一件で父からこれを託されました！」

ジャジャーン、と謎の効果音と共にアルクエーナがどこからともなく取り出したのは一振りの短剣。

「これはあの人が盗んだ指輪と同等の力を持っている、王家に代々伝わる宝剣です。この力を引き出すことができれば……私も戦えます！」

「いや、そういうことなら尚のこと俺じゃなくてカレンさんとかの方がいいんじゃ……んっ⁉」

言い切る前にアルクエーナが俺の口元に指を当ててくる。

「残念ですがルクスさん、あなたに拒否権はありません。これはラスベート王国第二王女としての命令です」

「おいおい、冗談だろう？」

「フフッ。冗談ではありませんよ。なにせここに父の……陛下の承認も得ていますから。断ったらどうなるか……わかりますね？」

ダメだ、この王家早く何とかしないと。とはいえ俺に拒否権はなさそうなのでここは大人しく首を縦に振るしかない。まったく、俺の周りにいる女性陣はどうしてこうもみな強引なのか。

「わかった。そこまで外堀を埋められたんじゃしょうがない。ただ宝剣の力を引き出すための修業方法なんて俺は知らないからな？　そこは承知してくれよ？」

「はい！　そこはカレンさんにも教えてもらうつもりなので大丈夫です！」

「俺が師匠をする意味はないよな⁉」

「もう……ルクスさんは鈍感ですね。少しでもあなたと一緒にいたいからお願いしたに決まっているじゃないですか」

身体(からだ)をくねくねさせながら恥ずかしそうにアルクエーナは言う。うん、これはきっと冗談だな。真に受けてもダメだし、深く尋ねてもダメだ。

「フフッ……本当にモテる男は大変ですね、ルクスさん。まるで若い時のヴァンを見ているみたいだ」

「それは……喜んでいいんですか、グラディアさん？」

「もちろんですとも。あの男以上にいい男を私は知りませんから。あなたにもその面影がありますよ。さすがは血を分けた親子です」

「……素直に喜んでいいのか複雑です」

あの人のようにダメな大人にだけはならないよう気を付けよう。

「さぁ、ルクスさん。話はこの辺で終わりにして早速修業の準備をいたしましょう！　そのためにもまずはお買い物です！」

「どうしてそうなる⁉」

「そういえば言っていませんでしたね。私、明日から正式に学園に入学することになったんです。それに伴ってこれからはルクスさん達と同じ東寮で暮らすことになりました！」

そのために色々と入り用なんです、とアルクエーナは言っているが正直理解が追いつかない。そもそも正式に同級生になるなんて初耳だ。

「王城の中はこんな状態ですからね。アンブローズ学園長がすぐ近くにいる学園が今一番安全だという結論になったのです。なのでこれからもよろしくお願いしますね、ルクスさん！」

一難去ってまた一難、なんて言ったらアルクエーナに怒られそうだが、きっと騒がしくなること間違いなしだ。特に弟子入りに関してティアが聞いたらどうなるか。うん、これも考えたくないな。

「色々大変なことが起きましたが、改めてこれからよろしくお願いしますね、ルクスさん！」

屈託のない、満開の花のように可憐な笑顔で言われて、ご令嬢二人への言い訳を考えながら俺は渋々頷くのだった。

あとがき

お久しぶりです、雨音恵です。

この度は本作「師匠に借金を押し付けられた俺、美人令嬢たちと魔術学園で無双します。2」を手に取っていただきありがとうございます。

気が付けば1巻の発売から半年以上経っていましたが、決してバ○オRE4とかティ○キンとかF○16にうつつを抜かしていたわけではありません。本当です、信じてください。

今回もページ数が限られているので、早速恒例（?）の若干のネタバレありなチラシの裏的なお話を（あとがきから読むって方はそんなにいませんよね?）。

前巻から担当になったNさんはとても面白い方で、ついつい打ち合わせの時間が長くなってしまいます。

担N「今回はお風呂シーンとモコモコパジャマで女子会の二段構えにしましょう！」

雨音「いいですね！　全力で書きます！」

担N「あと1巻の時から思っていましたが、レオとアーマイゼの絡みはいいですよね！」

雨音「ありがとうございます」
担N「妄想が捗りま(はかど)す（ぐへへ）」
（目をそらしつつ）、そういうわけで今回もお風呂シーンはあるのでご安心を。口絵はティアのあられもない姿が……!?

ここからは謝辞を。

イラストレーターの夕薙先生。ご多忙の中、1巻に引き続き担当いただきありがとうございます！　新キャラのアルクエーナ、カレンともに可愛さと凛々(りり)しさ、力強さがあってイメージ通りでした。

読者の皆様。1巻発売から長らくお待たせして申し訳ありませんでした。ルクスとティア、そして新たに加わったアルクエーナの物語を引き続きよろしくお願いいたします。

そして本書の出版に関わっていただいた多くの皆様にも深い感謝を。

恒例ではありますが最後にお願いがあります。

購入報告、本編を読み終わった感想の投稿、出版社宛に応援のお手紙など、応援を何かしらの形にしていただけると本作の力になるので何卒(なにとぞ)よろしくお願いいたします！

さて、それでは今回はこの辺で。3巻でまた皆様とお会いできますように。

雨音　恵

お便りはこちらまで

〒一〇二‐八一七七
ファンタジア文庫編集部気付
雨音恵（様）宛
夕薙（様）宛

師匠に借金を押し付けられた俺、美人令嬢たちと魔術学園で無双します。2

令和５年８月20日　初版発行

著者――雨音　恵

発行者――山下直久

発　行――株式会社KADOKAWA
〒102-8177
東京都千代田区富士見2-13-3
0570-002-301（ナビダイヤル）

印刷所――株式会社暁印刷

製本所――本間製本株式会社

※定価はカバーに表示してあります。
●お問い合わせ
https://www.kadokawa.co.jp/（「お問い合わせ」へお進みください）
※内容によっては、お答えできない場合があります。
※サポートは日本国内のみとさせていただきます。
※Japanese text only

ISBN978-4-04-075019-4 C0193